vmn

Josef Ehrlitzer

Wenn s Christkindla kümmt

Weihnachtliche
Gedichte, Spiele
und Geschichten
für Franken

Verlag M. Naumann

ISBN 3-933575-36-2

Druck:
Danuvia Druckhaus Neuburg GmbH,
86633 Neuburg/Donau

Die Deutsche Bibliothek – CIP-Einheitsaufnahme
Ein Titelsatz für diese Publikation ist bei
der Deutschen Bibliothek erhältlich.

1. Auflage 2000

Illustriert wurde das Buch mit Zeichnungen von Klemens Ehrlitzer.
Die Abbildung auf Seite 2 fertigte Martina Seemann.

Wenn s Christkindla kümmt

Wos senn mei Läuser heut sou brav,
sou senn sa süsst nit mal im Schlaf.
Bloß fröächn töän sa dauernd halt:
»Sooch, Mudder, kümmt s Christkindla bald?«

»Ihr Kinner, höärcht, äs Glöckla läut,
i gläb, häetz endli its souweit.
Du zitterst ja! Wos hastn, Klees?
Gal? Du schpürst, häetz kümmt wos Schöäs!«

Aa mir werds üm mei Harz ganz häß,
obwouhl ich doch scho alles wäß –
un voull Erwartung soochi froah:
»I gläb, häetz war sch Christkindla da!«

Die Tür gäht auf, ä seelcher Schrei:
»Ach, Mudder, guck doch bloß da nei!«
Un wia sa unterm Christbaam stähn,
di Guckeli fast über gähn.

Glüchseelichkeit draus leucht un lacht,
wetteifernd mit der Kerzn Pracht. –
Ganz innichzart klingts dann im Chor,
voull tönt än Vadder sei Tenor.

Kaum it der letzte Ton vorbei,
da gähts glei auf die Gschenkli nei.
Äs Christkindla hat kees vergassn,
it aa dos Jahr nit rosich gwasn.

Häetz wern lawendi mei Trabantn:
»I ho ä Buech mit Gens un Antn!« –
»Mei Püppla hat ä feina Schtimm!« –
»Mei Auto fiehrt im Kringl rüm!«

Sou werd ä jeds Trumm visitiert,
werd rümgedräht un ausprowiert.
Äs Klee will vo seim Zeuch nit wach –
der Vadder moeß ä Machtwort schprach!

Doch endli gähts ins Bettla nei,
un üwern Baatn schläfts scho ei.
Sei Mündla stäht ä bißla auf –
da drücki rasch … ä Schmützla drauf!

I. Kapitel
Advent und Sankt Nikolaus

Advent

Wenn s Jahr gäht langsam zu seim End,
na kümmt jedsmal der schtill Advent.
Un war da nu sein Glaubn hat
un Hoffnung aa auf Gottes Gnad,
da werd da schtiller im Advent.

Doch war ner ümmer weiterrennt
un hernvernochlt dauernd meent,
äs dräht si alles ner üms Gald,
dar Mensch it arm auf dara Walt.

Denn unner Laam it bloß Advent
un liecht getrost in Gottes Hend.
Dos sölln mir niemals ganz vergass
un unner Laam danach bemass.

Drüm hofft voull Sehnsucht un Geduld,
äß Gott uns nümmt, trotz Sünd un Schuld –
un äß an unnerm Laawesend
schtäht die Verheißung vom Advent!

Der Bischof von Myra

Heut it grod der sechste Dezember, der Nikelaustooch also. Drüm wölln mir heut aa vur allem an dan ehemalichn Bischof von Myra denk, dar im vertn Jahrhunnert dört in dara Schtadt in Kleinasien – in der heutichn Türkei – gelabt und gewirkt hat. Mer denkt an den Nikolaus mit än vielschichtichn Brauchtum, ob ar jetz Santa Claus häßt oder halt Sankt Nikolaus. Zegur bei der nichtchristlichen Religione hat ar ä guets Ansehn.

Im ganzn deutschn Sprachgebiet is der Sankt Nikelaus der Gabnbringer am sechstn Dezember odder am Vorabend von dan Tooch. Der Überlieferung nach war ar jedenfalls ä güticher Mensch un ä aufgschlossner kerchlicher Würdnträger, dar grad in Notzeitn viela Menschn gholfn hat. Sei Laam wird bezeucht, un äs stäht fest, äß ar der Sohn vo wohlhabende Eltern war. Ar hat sei Erbe großzügich vertält unter die arma Leut. Sei Mudder hat Anna ghäßn un sei Vadder Euphemius.

Dörchn Beistand vo seim Onkl, dar in Myra Bischof war, isser Priester worn. Wiere ämal – nach jahrelanger Einsamkeit und als Abt vo än Kloster – zufällich nach Myra kumma it, hat mer na als Nachfolger von seim grad verstorbene Onkl zum Bischof vo Myra gewählt. Für uns heut it dos ä erstaunlicha Tatsach, un anscheinend it dos ohne obrichkeitlicha Einmischung gschahn!

Ar it nit »auf Erden gewandelt«, wias oft von än Heilichen häßt. Nä, ar hat als güticher Mensch gelabt, und zwar sou, äß sich viela Gschichtn üm sei Lebn gerankt ham. Dia wölln ober alle bloß aufzeich, äß ar ä großarticher Mensch gewasn sei moäß, dar vur allem fer die Armen wia ä sorchender Vadder war. Ar it sou fer uns äs ganza Jahr dörch ä Vurbild der Nächstnliab. Ä würdicher Nachfolcher vom Heiland un im Ablauf vom Kerchejahr ä großarticher Vurläufer Jesu Christi. Im Mittlalter hat mer gebat:

»Sankt Nikolaus, mit Gaben viel
weis' uns den Weg zum ew'gen Ziel!«

Sankt Nikolaus

(Nach einem Gedicht von Richard Bletschacher)

Heilicher Moo, Sankt Nikelaus,
vergaß fei ja nit unner Haus.
Örscht links, na rachts un dann grodaus,
beim Schloat obn, da qualmt Raach nu raus.
Un mir töän mästns drin zammsitzn
un unner roata Oahrn fei schpitzn.

Heilicher Moo, Sankt Nikelaus,
kumm ner glei rei nei unnern Haus
un setz di har zum Awedschmaus;
doch vurhar leerst dei Taschn aus.
Dein Soock, dan leerste glei naamno,
mir denkn hinterhar scho dro.

Heilicher Moo, Sankt Nikelaus,
ich wett, äß dirs in unnerm Haus
beschtimmt racht gfellt; mach dir näes draus.
Än Hätscheklaas, dan löäßta daus.
Mir senn mit dir zufriedn hier –
dar anner konn die Gass draus kiehr.

Heilicher Moo, Sankt Nikelaus,
vergißt du ower unner Haus,
un gähn mir widder mal läär aus,
na machn mir uns aa näes draus.
Na sooch mer »Sei sou guet!« zum Schmied,
weil dar dir nämlich ähnlich sieht!

Nikolausfeier im Kindergarten

Grüß Gott, ihr Kinder hier im Haus,
jetzt bin ich da, der Nikolaus.
Im Namen Christi, unsres Herrn,
komm' ich hierher und hab euch gern.
Und Christi Frieden wünsch' ich euch,
daß er euch seine Liebe zeig'.

Der heilige Mann selbst bin ich nicht.
Vor langer Zeit strahlte sein Licht –
ein Licht, das heißt Barmherzigkeit.
Und so gedenken wir noch heut
des heiligen Mannes, seiner Güte
und werden seines Lobs nicht müde.

Kommt dann der Namensfesttag sein,
schlüpf ich in sein Gewand hinein
und spiel den Bischof, der er war,
mit Mitra, Stab, Kreuz und Talar.
Ich will euch nun in seinem Namen
daran erinnern und ermahnen,
daß ihr gleich ihm voll Güte seid,
und daß ihr euch von Herzen freut,
weil Gott kam zu uns auf die Erde,
damit es Frieden bei uns werde.
Die Freude soll nun hell erklingen,
ein Lied laßt uns adventlich singen!

Wenn ein Gebet ihr sprechen könnt,
dann sei dies mir von euch gegönnt!

Weil wir Liebe schenken können,
wenn wir selbst sie uns auch gönnen,
wenn wir Liebe empfangen haben,
deshalb verteil ich jetzt die Gaben!

Behüt euch Gott, ihr Kinder im Haus.
Es zieht jetzt fort der Nikolaus.
Ich komme wieder übers Jahr
und wünsch mir, daß es werde wahr,
daß Christi Liebe wird geboren
in euch, dann seid ihr nicht verloren.
Gehorcht den Eltern jetzt recht schön.
Ich sage euch auf Wiederseh'n!

Lieber Sankt Nikolaus

Ich komm heut als Sankt Nikolaus,
bring' frohe Kund' in jedes Haus,
will es hier und auch auf Straßen
allen Menschen wissen lassen:
Das Weihnachtsfest ist nicht mehr weit,
dann kommt zu uns die heil'ge Zeit!

Drum, ihr Leut und auch ihr Kinder,
gebet Gott die Ehr' nicht minder.
Haltet mit dem Nächsten Frieden,
daß euch Segen sei beschieden.
Dann ist das Weihnachtsfest nicht weit,
und zu euch kommt die heil'ge Zeit!

Sankt Nikolaus half vielen Leuten
in Kummer, Not und manchem Leiden.
Er war ein frommer Gottesmann –
nehmt euch ein Beispiel, denkt daran.
Durch ihn sind Weihnacht alle Zeit
und Gnad' und Frieden niemals weit!

Ihr Leute, kommt herbei in Scharen,
um Trost und Gnade zu erfahren.
Laßt uns die Nächstenlieb bedenken
und gegenseitig Freude schenken.
Die Weihnachtszeit ist nicht mehr weit –
nur kurz noch, dann ist heil'ge Zeit!

Grußworte eines Sankt Nikolaus

Ich grüße euch, ihr lieben Leute,
und zu euch Kindern komm' ich heute
als Bote von Sankt Nikolaus.
So kam ich heut in dieses Haus.
Man schickt mich zu euch zu Besuch,
mit Bischofsstab und altem Buch.

Man sieht es mir doch sicher an,
ich bin fürwahr ein alter Mann.
Beim heil'gen Nik'laus war's auch so,
er war stets von Herzen froh,
wenn er den Menschen helfen konnte,
wenn sich sein Helfen immer lohnte.

Als Bischof mußte er am Morgen
und auch am Abend immer sorgen,
für all die Menschen, grad den armen.
Mußt ihrer Not sich stets erbarmen.
Mit Gottes Hilfe tat er dies;
Gott dankte ihm dafür gewiß.

Ich mach's wie Bischof Nikolaus
und kehre ein in euer Haus,
komm jetzt zu euch in seinem Namen,
euch zu beschenken – wie's einst bekamen
die Menschen dort in seiner Stadt,
denen er oft geholfen hat.

Ein jeder bei mir das gewinnt,
was er im Jahr sich hat verdient.
Aha, ich seh's, ihr Schelmenpack,
ihr schielt schon heimlich nach dem Sack.
Ein schöner Sack, gewiß, jawohl!
Der Sack, der ist bestimmt nicht hohl.

Zwiegspäch im Advent

HEINER: Hätz hömmer scho widder än örschtn Advent. Dos Jahr gäht seim End zu, un bal it aa widder äs Weihnachtsfest. Frääst du dich aa scho drauf?

JOFFER: Ich wäß nit racht. Wenni oo vorches Jahr denk, na ärcher ich mi heut nu. Än ganzn Advent dörch, jedn Samsti un Sunnti un öfters aa unter der Wochn hömmer bei Weihnachtsfeiern gsunga un unner Gedichtli aufgsoocht. Fer uns war dos näesmer feierli.

HEINER: Da haste also aa zum souundsouvielstn Mal Christschtolln gassn un Kaffee getrunkn. Mei Freund, der Walter hat ümmer gemeent: »Scho widder ä ›Christschtolln-Veranstaltung‹. War konn sich denn da nu auf Weihnachtn frää?«

JOFFER: Di Feiern töän mi ächedli nit sou schtör. Mir hengt bloß ümmer dos ganza Getua in der Kaufhäuser zum Hools raus. Scho lang vurm Advent gähts doch loas. Moäß denn dos werkli scho sou lang vurhar oogäh, als wenns di Leut nit erwart könntn, bis die Festtooch da senn.

HEINER: Am allermästn ärcher ich mich, wenn scho än ganz Advent dörch aufn Marktplatz der Christbaama brönnt. Bei uns derhemm werd örscht am Heilichn Awed der Christbaam … – Wos grinstn du da sou hinterfotzed? Ach, du meenst halt, äß mer gur nit än Christbaama, sondern bloß die Kerzn oobrönn konn? Haste aa widder racht!

JOFFER: Mir reechn uns da künstlich auf. Dabei its doch ächedli ganz einfach: Wos uns nit gfellt, dos brauch mer doch gur nit mitmach. Laß mar doch dara narrsichn Teifl mach, wos sa wölln! Jeder Mensch hat doch sein frein Willn, un jeder Mensch konn doch sich un seiner Familie im Advent ä besinnliche Zeit bereitn un sich dadörch guet auf Weihnachtn eischtell.

HEINER: Wenni mers richti überläich, na könna dia am bestn Weihnachtn feier, dia sich ämal die Müh machn, üwern Sinn vo Weihnachtn nachzudenkn. Worüm zum Beischpiel der Heiland in än Schtooll auf die Walt kumma it un nit in än Könichspalast, wias doch zegur die Weisn ausm Morchenland örscht oogenumma hömm.

JOFFER: Ja! Un worüm nit die Hotwollee vo Bethlehem die Örschtn worn, dara die Botschaft der Engl gegoltn hat, sondern einfacha Hertn, die damals mästns ä wengla schief oogeguckt worn senn.

HEINER: Dos zeicht uns doch ganz deutli, äß in der Einfachheit un Bescheidnheit di richticha Einschtellung liecht. Un drüm wölln mir häetz aa versüch, ob mir mit unner einfacha Mittl die nächsta halwe Schtund sou gestaltn, äß mir euch richti auf di Zeit der Geburt unseres Heilands eischtell könna.

JOFFER: In än altn Weihnachtslied häßts: »Kommt her, ihr Leute, singet fein und musiziert dem Kindelein.« Dos möchtn mir häetz befolch un bittn euch: Hört guet zu un seid mit ganzn Harzn dabei!

HEINER: Ower um ees möcht mer euch nu besonders bittn: Schtört nit mit Beifall, denn je schtiller ihr seid un auf dos höärt, wos mir da houm singa un soochn, desto näher kumma mir mitenanner dan Geheimnis vo dara Heilicha Nacht!

Adventlicha Gedankn

Wenn di Winternabl falln
über Berch un Tal,
wenn sich Raachnwolkn balln
vo der Berch har fahl,
dräut der Himml schwär verhanga –
weit fort it der Summer ganga!

Äs Gemüt hengt ziemli tief,
rapplt si nit auf.
Mancher Kranker dar guckt schief,
pfeuft auf vieles drauf.
Doch wenn alles aa racht schief it,
its nit sou, äß bloß nu Mief it.
Denn war labt im Kerchejahr,
wart sehnsüchti drauf,
äß häetz darAdvent werd gar,
s Weihnachtsfest ziäht auf.
Denn nachert werds ganz licht un hall,
wia damals aa beim Kiind im Schtall!

Wos mer singa, möäß mer aa breng

Mir schreim Hertnspiele,
weihnachtlich, warm un schöä.
Un wölln damit Gefühle
im Menschn lass entstäh.

Mir singa Hertnliäder
un schpieln di Heilich Nacht
jährlich ja ümmer widder,
erfüllt mit Lichterpracht.

Di Hertn un di Könich,
dia brenga Gabn dar.
Ob viel odder aa wenich –
von Harzn dos doch war.

Näes gäiche all dos Klinga,
dos Schtückleschreim un Dichtn.
Doch möässets uns gelinga,
sich danach scho zu richtn!

Mir singa un soochn

Vo adventlicher Frääd wölln mir euch heut sing,
vom adventlichn Hoffn, dos manchmal schwärfellt.
Herzinniglichs Froahsei söll in uns erkling,
weil in Bethlehem kumma ä Kiind, dos uns helt.

Wos im Advent gschahn it, dos wölln mer euch sooch;
vo des Heilands Erwartung, dia uns ganz erfaßt,
dia wölln mer bewußt drin im Harzn miittrooch,
na werd uns kee Kummer, kee Angst mähr zur Last!

Di Liäder der Weihnacht sölln in uns erkling,
mit Inbrunst im Harzn hömm mir sa oft gsunga.
Dos Singa un Schpieln söll in euch lang miitsing,
na it uns adventlichs Vorbereitn gelunga!

II. Kapitel
Weihnachtliche Vielfalt

Sou, wia sichs gebührt

Di Leut alla renna un hastn dahie,
adventlicha Schtille, die findste fast nie.
Beim Süchn un Käffn verbrenga s viel Zeit,
si ärchern si drüber manchmal wia nit gscheit.
Di Leut in Mainfrankn senn wia üwerall:
Fast kees denkt ans Kindla dört im arma Schtall.

Di Volksmusikantn un dia Singscharn all,
dia singa un schpieln scho vom Kindla im Schtall.
Vo Hertn un Engl, da singa sa aa,
un war ihna zuhört, werd nachdenkli, froah.
In Frankn, da werd mer zur Weihnacht hiegführt,
zum Kiind un Erlöser – sou, wia sichs gebührt.

Un Schpielscharn geits viela, dia hömm si gedacht:
»Wia breng mer euch näher di Heilicha Nacht?«
Dia schpieln dann di Hertn, di Engl fei aa,
Maria un Josef im Krippela da.
(Di heilichn drei Könich, dia schtelln sa aa dar;
vom Morchnland har kümmt dia farbicha Schar.)

Ihr Leut denkt – ich bitt euch – doch ümmer ämal
oo Hertn un Engl, ans Kindla im Schtall.
Denkt an di Verheißung, dia Gott uns gemacht,
als ar dan Erlöser uns gschickt salla Nacht.
Dann werd ihr in Frankn zur Weihnacht hiegführt
zum Kiind und Erlöser – sou, wia sichs gebührt!

Die gueta Tat der Kameradn
oder: **Di Gochsumer Weihnachtsgoons**

Also, Leut, äs gäht näes üwer sou ä schöäna, rösch gebratna Weihnachtsgoons. Odder seid ihr annerer Meinung? – Der Loareschneidersch Heiner, dar war sich jednfalls drüber klar, äßer an der Weihnachtsfeiertooch näes annersch aufm Tiisch will als sou än knusprichn Vouchl. Drüm hatter aa rachtzeiti dafür Sorch getroochn, äßer sou än gadlin Vouchl auf die Bee gebracht hat.

Sei Fraa hat na een Tooch vur Weihnachtn gschlacht, geropft un ausgenumma. Weil dos ower zu einer Zeit war, wuas nu kee Kühlschränk odder Tiefkühltruha gaam hat, hatter aweds sei Goons oum zum Kammerfanster raus am Fansterstouck aufghengt, äß dos Faderviech schöä frisch bleit.

Auf sou än Dorf geits natürli unter der orndlicha Leut aa Schlawiner, dia sich lieber auf die Brach ernährn als sich selwer öbbes zu käffn. Sou wia zum Beischpiel der Veitla odder sei Brueder, dar Jörch. Un grad dia zwä hömm beobacht, wia dar Heiner sein Weihnachtsschmaus zum Fanster nausghenkt hat. Gleich hömm sa sich gäicheseiti nei die Rippn geknuft un sich verstouhln oogeguckt.

Der Veitla hat bloß gsoocht: »Um halwer elfa it di Luft beschtimmt sauber. Biste da?«

Der Jörch hat geantwort: »Worauf du dich verlassn konnst! Breng dei Lättern miit!«

Werkli, um halwer elfa it vo rachts dörchs Gaßla der Jörch kumma, un vo links, üm di nächsta Eckn rüm, it der Veitla gschlichn kumma, di Lättern aufn Buckl. Beim Heiner sein Giebl (di Häuser worn ja seinerzeit aa nu nit sou hoach un protzert wia heutzetooch) hatter sei Lättern hiegelahnt. Dia zwä hömm nach alle Seitn geluurt un gschpecht, un nachert it der Veitla schöä leis di Lättern nauf. Der Jörch hat sa untn ghaltn.

Ower grod, wia dar Hallodri droum war un dos Gansla in der Hend hat, kümmt der Grobscheits Kunnert, der Nachtwächter, üm die Eckn rüm. Ar siäht, wos sich da töät, un säicht: »Heeeh, wos wölltn ihr da mittn in der Nacht?« Ar versücht mit seiner Funzl vo Latarn, örscht dan an der Lättern un nachert dan auf der Lättern oozuleuchtn, äßers wäß, mit wan ars zu töän hat. Ower bis zum Veitla nauf hats souwiasou nit gerlangt … un dar Jörch untn hat sein Huet sou weit reigezouchn, äß dar Wachter aa näes Genaus gsahn hat.

Ar wollt scho Alarm schlooch, ower da hat der Jörch rasch gsoocht: »Pschscht! Sei doch leis, Kunnert. Mir wölln doch bloß unnerm ehemalichn Kriegskamerad, än Heiner, ä Geburtstoochsgschenk oo seim Kammerfanster heng. Werscht sahn, dar frääť si morchn früah beschtimmt drüwer.«

Da hat der Kunnert gemeent: »Ower dos mecht mer doch nit mittn in der Nacht. Wenn dos sou ä schoufler Karl schpitz kreecht, it dos Gschenkla morchn früah wag!«

Säicht der Veitla vo oubn ro rasch: »Da haste ächedli aa widder racht. Wäßte wos? Mir nahma unner Gschenk einfach widder miit un brengas morchn früah persönli!«

Un gleich drauf schteichter, di Goons in der Hend, gemütli runter, dia zwä nahma schnall di Lättern wieder, un bis dar lahmarschet Kunnert sichs versahn hat, warn di Hallodri üm di Eckn rüm. Än nächstn Tooch hat der Heiner saumaßi gschennt, wia sei Goons wach war. Ower kee Mensch hat wos gewißt, wua dia hiekumma it, un aa der Kunnert hat wouhlweisli sei Maul ghaltn. Weil ar sich ja bloß hät schenier möäß, wenn rauskuma wär, wia di zwä na ausgschmiert hömm.

Weihnachtlicha Gedankn

Der ehemalige Gochsheimer Landwirt Leonhard Moll – er lebte um die Wende vom 19. ins 20. Jahrhundert – führte viele Jahre ein Tagebuch mit beachtlichem Inhalt. Beim Lesen dieser interessanten Aufzeichnungen fiel mir auch eine Betrachtung auf, die er unter der Zeitangabe Weihnachten 1904 geschrieben hat. Gemäß seines normalen Umgangstones im Alltag habe ich seine Gedanken in Mundart übernommen.

Äs Weihnachtsfest it in vielfacher Beziehung wia ä Prüfstee für di Menschn. Wia sich der jeweilicha Mensch zu dan sinnigstn un lieblichstn Fest stellt, dadraus ergeit si aa vieles zur Beurteilung vo seim Wesn. War sich auf Weihnachtn nit fräa konn, trotz mancherlei groaßa un kleena Sorchn, dia dos miitbrengt, dar hat doch üwerhaupt kee richtichs Gemüetslaam, der it doch vielmehr im Absterbn begriffn.

Di Kinner, dia doch nu randvoller Laam senn, dos nu dezu zur Entfaltung drängt, dia könne uns vürmach, wos für ä Kraft in sou än Hoffn, sou än Vurwartsdränga un Der-Zeit-Entgäichneiln sich äußert. Der Kinner Frääd auf dos Weihnachtsfest it doch ächedli, im Grund genumma, ä Abbild vo unnerm ganzn seelischn Laam.

Soulang nu Laaweskraft in uns it, soulang helfn mir aa, un solang hoffn mir aa, trotz allerhand Anfechtunga un Enttäuschunga, un mir lassn uns dadörch nübertrooch nei die Unebenheitn vo unnerm Dasein. Bloß war mörb worn it unterm schwära Druck odder ganz hart worn it dörch Egoismus, dar konn si auf näes mer fräa, am allerwenisgtsn auf Weihnachtn. Für dan schleicht jeder Tooch trüeb un koolt hie, ohna jeglicha Frääd un Zuversicht. Dar verkümmert wia ä Pflanzn, dia vo keen Sunnastrahl erreicht un ergwickt werd.

Mit viel Racht nennt mer doch äs Weihnachtsfest ä Fest der Frääd un Liab. Nit ner di Kinner fräan si auf dan Weihnachtsbaama un sei Lichter un auf all sei Gabn. Aa di Erwachsena fräan si miit un fühln si in di ächna Kinnerzeit zurückversetzt. Sou mancher denkt heutzetooch mit Wehmut an di Worte vo unnerm Schweiferter Dichter Friedrich Rückert:

»Aus der Kinderzeit, aus der Kinderzeit
klingt ein Lied mir immerdar.
Ach, wie liegt so weit, ach wie liegt so weit,
was mein einst war.«

Um Weihnachten

Wenn vorbei der schtill Advent
un üweroull der Christbaam brönnt,
it der Heilich Awed da.
Kinnerharzn wern häetz froah.

Schtumm un Kammer un di Luft,
dia senn vouller Tanneduft.
Un aa Platzli schmeckt mer nei,
Christschtolln senn fei aa debei.

Un di Goons zum Weihnachtsschmaus
hengt geropft zum Fanster naus.
Küch un Kaller senn aufs best
ausgerüst fers Weihnachtsfest.

Oft hob ich dos scho betracht,
mei Gedankn drü gemacht:
Mueß dos werkli alles sei?
Fahlt da nit äwos debei?

Mueß mer denn, als wöllt war heier,
än Heiland sein Geburtstooch feier?
Freili willi nit drü schennt,
wenn si mancher öbbes gönnt.

Ower örscht, wenns Harz bereit,
na it richti Weihnachtszeit!
Dos hat in der Heilich Nacht
scho dar Engl kundgemacht!

Wia wärs bei uns?

Der Josef, dar vo Nazareth
in Galliläa, ja dar gäht
damals glei ins Judäaland.
Weil ar vo David abgschtammt hat,
mueß ar nach Bethlehem ja grad,
wias dar Befehl ihm klar genannt!

Mer wäß heut ,wia di Gschicht da war.
Jedoch fern Josef, da wars klar,
äß di Verpflichtung für ihn gilt.
Ar hat si nit drü aufgeräicht
un hat aa nit lang üwerläicht,
it losgezouchn, war im Bild.

Maria hatter miitgenumma,
obwouhl ar doch dadrauf it kumma,
äß sie ä Kiind kreecht, nit vo ihm!
Heut höärt sich dos sou einfach oo,
doch damals war dos fer dan Moo
ä Gschicht, dia anfangs werkli schlimm.

Doch ar vertraut ganz fest auf Gott
un brengt Maria nit in Not,
ar nümmt sa oo un schtäht ra bei.
Obs unnerees aa sou getan,
wenn sou wos Ähnlichs uns wär gschahn?
I wäß nit racht, i zweifl fei.

Un wemmer weiter üwerläicht,
wos di Maria alles träicht,
wos Gott ihr aufgelodn hat.
Sie wollt nit lang Erklärung hoo,
nümmt einfach Gottes Ratschluß oo
un säicht: »I bin näes als dei Maad!«

Schtellt euch dos häetzter ämal vür,
wenn bei uns sou wos tät passier,
wärt ihr bereit un nahmets oo?
Da wered sicherli örscht gfröächt,
wos mer mit sou än Kindla mecht.
War nahmet dos denn werkli oo?!

Un denk ich an dos Bethlehem,
oo all dia Leut, dia dört derhemm –
wärs bei uns aa wia sallämal?
Di Türn bliem zu, di Harzn aa,
wos wärn da für Ausräidn da –
dos wär genau wia sallämal …

Dos wär … dos it wia sallämal!
S geit heutzetooch ja allämal
di Herbergsuche jener Zeit.
Ob Flüchtling odder Asylant,
Sozialempfänger hierzuland –
wißt ihr, wie viels da bei uns geit?

Ich wääß, sie häßn nit Josef,
Maria töäste aa nit treff,
un war fröächt scho nach Jesus heut?
Jedoch, wia hat der Heiland gsoocht,
als ar da drüwer hat gekloocht,
äß fast kee Liab hömm viela Leut?

»Wos ihr än Schwächstn höt getan,
dos it oo mir vo euch fei gschahn,
mir selwer hötter da wos gaam!
Un wan ihr öbbes höt verwehrt,
wos ihm aus Nächstnliab doch ghöärt,
dos höt ihr mir versaacht im Laam!«

Maria it uns Vurbild heut.
Sie hätts bei uns fei schwär, ihr Leut!
War wääß denn heut nu, wos Gott will?
Marias Gnad, dia schützt uns ja;
war ihr vertraut, werd werkli froah,
ihr Seechn mecht uns schtark un schtill!

Ä Gebaat vo än Äisl

Ach, lieber Gott, du hast mich ja sou gemacht,
sou wia du dos dir hast einstns ausgedacht.
Sou laff ich halt weiter auf Waach un auf Pfad,
sou wia sichs halt einfach mit mir ergaam hat.

Ich schlöpp weiter der annern Leut ihr schwärs Zeuch –
un kreech dafür öfters aa Schläich nu vo euch.
Gott gab mer Geduld, äß ich dos ertrooch,
un weil mer mein Nama als Schimpfwort töät sooch.

Schenkt mir ä Distl, söäß wia Honichkläa,
helft, äß ich der Menschn ihr Dummheit verstäh.
Zum Schluß, da moäßi euch nu verkündn:
Mein kleen Brueder aus der Krippn möchti aa ämal findn!

Di Nacht it sou hall

Dia Nacht it sou hall,
hoach oum kümmt ä Schwall
vo Engl, dia singa,
wia Musik töäts klinga.
»Wos itn dos bloß?
Heut nachts it wos los!«

Ja, dos it ä Nacht,
dia Schafhard erwacht.
Dia Hertn dezu
senn aa wach im Nu.
Ihr Aachn wern groaß:
Wos itn heut loas?

Ä Engl dar singt –
Mensch, wia dos klingt:
»Ja, fürchtet euch nicht!«
Häih! Dos it ä Gschicht.
Dar stäht da ganz groaß –
mecht dar ner bloß Schpaß?

Un höärcht: »Gott sei Ehr!«
Sou klingts plötzli här.
Di Hertn werdn blaß,
si könnas nit fass.
Doch häetz kümmt nu mähr,
da mueß mer hiehör!

»Den Menschen sei Fried!«
Da kümmsta nit miit!
Na wünschn sa alln
racht viel Wohlgefalln.
Dos it ä Gewärr,
da werd mer ganz err!

»Der Heiland it heut
geborn euch, ihr Leut!«
Di Hertn stähn schteuf:
»War konn dos begreuf?«
Dos himmlischa Heer,
dos singt ja nu mähr!

Da konnsta nit schlaff:
»Laßt Hamml un Schaf
ällee din im Pferch!«
Örscht geits ä Gewörch,
na renna sa loas –
di Erwartung it groaß!

Sie kumma bal hie
un beuchn die Knie:
»Ä Kindla sou klee,
sou zart un sou schöä,
dos liecht dört im Schtroah.
Ach Gott, senn mir froah!«

Gleich naamdro it Bethlehem

Wäßt du ächedli, mei Freund,
worüm äß häetz mancher greint? –
Weil ar Bethlehem nit find!
Wua ar sücht, un wua ar schtürt,
meent ar, äß sich gur näes rührt,
siäht kee Krippn un kee Kiind.

Mancher meent, im groaßn Dom
liecht äs Jesuskiind begroom,
in än prächtin Sarkofaach.
Odder an än Wallfahrtsort,
wär di Krippn hätzter dort.
Doch kee Antwort find sei Fraach.

Eener, dar ä Schtückla Broat
– odder wos ar süsst nu hat –
jemand geit, dar hungert grod,
odder ner ä freundlichs Wörtla
oo än Frömma in seim Örtla
richt un siäht, äß dar in Noat,

dar it näher doch derhemm
bei dam Städtla Bethlehem,
dar töäts ohne Kompaß find.
Un dar Mensch, wua grad in Noat,
weil ar Kranket, Sorchn hat,
it dar nit dos Jesuskiind?
Leut, äß it doch sou begweem:
Gleich naamdro it Bethlehem!

Di heilicha Familie

Im Schtooll wars, dört zu Bethlehem,
wua unter Ümständ, nit begweem,
der Heiland it geburn. Dos war
vur viela … ja, zwätaused Jahr.
Ach, du klees Kindla dört im Schtooll,
du hast di Liab ja üwervoll!

Oh liewa Muddergottes, du,
dei Mudderschaft war ohna Ruh:
Elisabeth, dia süchst du auf
un lenkst nach Bethlehem dein Lauf.
Oh Muddergottes, wia dei Gnad
sich sou geoffnbart hat grad!

Der heilich Josef war tuschur
folchsam un demutsvoull zegur.
Hat sei Familie gschützt, ernährt,
äß ihr fei gur näes widerfährt.
Sei Beischpiel zeicht uns deutli auf:
Sou führt der Waach zum Himml nauf!

Oh Jesus Christ, hast uns erlöst,
mir glääm oo dich geduldi, fest.
Di heilicha Familie war
Beischpiel fer unner Erdnjahr.
Denn für uns it di Erdnzeit
ä Üwergang zur Seelichkeit!

Kee Mensch konn dos bezohl

Mir wölln für euch häetz fröhlich sing,
in unnerm Harzn, da sölls kling!
Ich will verzähl, wos salla Nacht
än ganzn Erdball Frääd gebracht:
Die Hertn, dia warn aufn Fald,
vom Himml roo, da hats laut gschallt:
»Dem Herrgott Ehr, den Menschen Fried!« –
»Mensch, guck doch hie! Siähst du dan Schtarn?« –
»Dar Engl will uns Ehrfurcht larn!« –
»Wos söll dos sei? Dos geits doch nit!« –
»Leut, der Messias it geburn!
Gläbts: Ohna ihn wärn mir verlurn!«

Die Hertn hömm si aufgemacht
un hömm dam Kindla mitgebracht
Kaas, Millich un ä ganz wächs Fall,
ä dunkls Broat, doch Gsichter hall.
Un dia hömm gschrahlt vo inna raus,
wia sa gerennt senn in een Saus.
Äs Michela töät schnaufend renn:
»Heh, wart ä weng, laßt mich miit nei!«
Ar hoult sa vur der Tür grod ei.
Wia sa am Schtooll ookumma senn,
da schtähn sa plötzli zöchernd schtill,
weil kees als Örschter din sei will!

Der Josef, dar mecht auf die Tür:
»Ihr Leut, wos wöllt ihr denn bei mir?«
Da drucksn sa un schtähn ganz schteuf,
na töän sa langsam örscht begreuf
un tratn ganz leis nei dan Schtooll:
»Ach Gott, war konn denn dos bezohl?

Da liecht doch in der Krippn din
ä Kindla, zart un wunderbar,
mit korza blonda Locknhaar:
Dos will mir gur nit nei mein Sinn!«
Doch da im Schtooll, wua Fanster fahln,
töät häetz ä goldns Leuchtn schtrahln.

Äs Hannesla fellt auf di Knie,
di annern knien si aa glei hie.
Beim Michela töäts langsam gäh,
da bleit örscht nu ä wengla schtäh.
Sei Göschla, dos stäht staunend auf,
vur Aufrechung konn ar nit schnauf.
Ä Rauna, Flattern it im Schtooll:
»Sölln dos am End gur Engl sei?
Nu nie erlabt hömm mir dos fei!« –
»Ich soochs, kee Mensch konn dos bezohl!«
Doch wia mer nachert hemmwarts it,
dos wissn sa fei heut nu nit!!

Heilich Awed in der Rhöä

Ich war im Winter in der Rhöä,
äs Wadder war örscht gur nit schöä.
Doch nachenach hats sich scho gaam,
denn di Sunn weckt auf äs Laam.
Sie leucht und schtrahlt am Heidelstein,
der Neuschnää blitzt im Sonneschein.

Zum Kreuzberch nüber gäht mei Blick,
un garn denk ich dadro zurück,
wia ich am Heilich Awed fei
dört in di Kerch bin ganga nei.
Der Wiind hat daußn arch getobt,
drümm howi aa di Wärm gelobt,
dia mich din aufgenumma hat.
Der Christbaama leucht dört aa grad.

Dauß jault der Wiend, Schnää rutscht vom Dooch.
Wenn ich dos höär, töäri leis sooch:
»Da in deim Haus, mei Herr un Gott,
vergaß ich all mei Angst un Noat.
Wos mich bedrückt di letzta Zeit,
hat sich entfernt unendli weit!«

Glockn läutn, di Kerch werd voull,
dos alles töät mein Schlaf fort houl.
Orchlmusik un Weihnachtsgsang
müschn sich zum altvertrautn Klang
der weihnachtlichn Liturgie.
Un innich zart, wia süsst nu nie,
ziäht mich dos alles nei sein Bann.
Di Präidicht häbt mi himmlan.

Der Friedn wechst in mir nu jäh,
als ich dann in di Nacht nausgäh.
Denn schtarnklar it der Himml fei,
der Wiind schläft nachenach ganz ei.
Un friedli it häetz ganzegur
beim Hemmwaach üm mich di Natur!

Die Geburt des Retters

Da machte sich auch auf Josef aus Galiläa, aus der Stadt Nazareth, in das jüdische Land zur Stadt Davids, die da heißt Bethlehem, weil er aus dem Hause und Geschlecht Davids war …

Wie Josef, so söll mer aufn Herrgott hiehorch
un sölln wia ar fer di Mitmenschn sorch.
Mir sölln uns nit drück, wenn mir gfordert senn,
sölln uns aa ooschtreng, Gottes Willn aa erkenn!

… damit er sich schätzen ließe mit Maria, seinem anvertrauten Weib, die war schwanger. Und als sie dort waren, kam die Zeit, da sie gebären sollte …

Sou wia Maria söll mer horchn ganz staad
un sölln uns öffna ganz weit Gottes Gnad.
Mir sölln alles oonahm wia Maria ihr Kiind,
äß mir verschont bleim vur jeglicher Sünd!

… denn sie hatten keinen Raum in der Herberge …

Sou wia in Bethlehem isses aa hier:
kee Herberg für viela, ja, nercheds Gwartier!
Doch wia in Bethlehem töät Gott uns beweis:
Ar will bei uns eikehr – halt auf sei Weis!

Und es waren Hirten in derselben Gegend auf dem Felde, die hüteten des Nachts ihre Herde. Und der Engel des Herrn trat zu ihnen, und sie fürchteten sich sehr …

Mir sölln wia di Hertn di Botschaft erfass,
dia Gott auf sei Uurt uns zukumm hat lass.
Un wenn mir erfaßt hömm, wos Gott vo uns will,
na konn sich sei Gnad aa im Alltag erfüll!

Der Engel sprach zu ihnen: »Fürchtet euch nicht. Sehet, ich verkündige euch große Freude, die allem Volke widerfahren wird. Denn euch ist heute der Heiland geboren, welcher ist Christus, der Herr!«

Wia einst dar Engel sölln mir aa verkündn,
dos, wos mer tua moäß, än Heiland zu findn:
Un sou wia di Engl sölln mir uns aa frään,
äß Gottes Gnad aa bei uns hier konn gschähn.
Dünkt euch wia di Hertn einst bei ihra Herdn
un höärt Gottes Zuruf: »Friede auf Erden!«

Di Heilicha Nacht

Wos it denn da heut aweds los?
Fast meeni scho, i treemet bloß!
Mei Bäzerli senn heut sou brav,
un trotzdem finni nu keen Schlaf.

Ja, Herrschaftsseitn, guck doch hie:
Di Nacht it hall, sou wia nu nie!
Mei Huund da – ar häßt Zerberus
schpürt dos aa, heut geits keen Verdruß.
Liecht schtill da oo meim rachtn Bee –
ja, heh! wos glotzt dar nauf die Höäh?!

Höärt dar wos, wos ich nit höär?
Hünd, dia höärn ja nu viel mähr
als mir Menschn. Doch ich meen,
äß mir heut ällee da senn!

Häih! Guck hie, ganz britschebrääat
ä groaßer Schtarn am Himml schtäht.
Un glei dänaam, wos konn dos sei?
Hörcht doch, dos it Singerei.
Musik un Gsang un Harfnschpiel.

Siädhääß löäfft mer da ä Gfühl
mittndöärch mein Inngeräusch.
Ja, i konn mi gur nit täusch:
Dos senn Engl, gläb mersch fei:
Heut nachts mueß wos ganz Groaß sei!

Der Mann, der das Feuer holen ging

Ein Spiel um die Heilige Nacht

(Nach einer Erzählung von Selma Lagerlöf)

SPRECHER: Äs war ämal ä Moo, dar it in di dunkla Nacht nausganga un hat si Feuer borch wöll. Ar it vo Haus zu Haus geloffn un hat oogeklopft: »Ihr liewa Leut, helft mer«, wollt ar sooch, »mei Fraa it grod eikumma, un mir hömm än Bua kreecht. Ich mueß häetz uubedingt Feuer oobrönn, um mei Fraa un dan Kleen zu wärma.« Ower äs war tiafa Nacht, un alla Menschn hömm gschlaffn, un nerchedswua itter ookumma. Endli hatter weit wach än Feuerschein gsahn. Da itter losgeloffn in di Richtung un hat gemerkt, äß dört ä Feuer im Freia gebrönnt hat. Ä ganzer Haufn Schaf un Hamml warn üms Feuer rümgelaachn un hömm gschlaffn, un ä alter Hert hat mit än junga Borsch üwer di Hard gewacht. Plötzli hat dar Jeremias, dos jung Börschla, dan altn Hert oogered …

(Hier wird die Mitte des Spielplatzes, wo der alte Markus und der junge Jeremias lagern, beleuchtet.)

JEREMIAS: Markus, wos hömm denn di Hünd, wua renne denn dia hi?

MARKUS: Vielleicht treibt si ä Wolf rüm, Jeremias.

JEREMIAS: Dar söll si ner blick lass, dia machn korzn Prozeß mit na. – Du, Markus, da kümmt ä Moo auf uns zu! – Schrei der Hünd, dia zerreißn na doch!

MARKUS: Dar hat doch häetz mittn in der Nacht näes bei uns verlurn. Bloß Schlawiner un Gauner treim si bei nachtschlafener Zeit bei Schafhardn rüm.

JEREMIAS: He, du, Moo, blei doch schtäh, süsst falln unner Hünd über dich har! – Markus, schrei doch der Hünd! – Wos hömm denn dia? Dar läfft weiter. – Blei doch schtäh!

MARKUS: Mer höärt di Hünd näes mer, wos itn da loas? Gäh zu, sooch mers, du hast doch bessera Aachn als ich!

JEREMIAS: Dos geits doch nit! Di Hünd wolltn si grad auf na schtörz, da bleim sa plötzli schtäh, machn keen Muxerer mähr un läichn si aufn Boudn.

MARKUS: Dar hat di Hünd verhext odder gur vergift!

JEREMIAS: Dar Moo kümmt näher ... ar schteicht über die Bätzerli ... dia liechn ja sou eng, äßer nit döärch konn.

MARKUS: Häetz langt mers ower. Örscht di Hünd vergift un nachert aa nu auf mei Schäfli rümtrampl! – Wenn der Mond ner haller schein tät, na traffet ich na scho mit meim Schpeer.

JEREMIAS: Ower Markus, nit! – Du, ich hob Angst!
(Klammert sich ängstlich an ihn.)

MARKUS: *(Schiebt ihn weg)* Laß na ner näherkumm. *(Wiegt seinen Stab mit Spitze in der Hand.)* Halt! Keen Schriitt weiter, süsst schpäess ich Euch auf wia än Hamml zum Bratn!

JEREMIAS: Moo, blei doch schtäh, dar Markus meens arnst! – Dar läfft weiter ...

MARKUS: Du wißts nit annerst hoo! *(Holt mit dem Stab aus.)* Au, mei Arm! *(Kraftlos sinkt ihm der Arm nach unten.)* Wos itn dos? Ich konn mein Arm näesmer häib. *(Blickt verstört auf den Fremden, der jetzt erscheint.)* – Wos wißtn du bei uns? Wos hastn mit meiner Hünd gemacht? Hast sa vergift?!

FREMDER: Ich hab der Hünd nix getan. Guck hie!

JEREMIAS: Werkli wahr, Markus, da draußn schtreichn sa widder üm di Bätzerli rüm, als wenn gur näes gewasn wär.

FREMDER: Guter Freund, sei doch so gut und helf mir. Leih mir etwas von deinem Feuer. Mei Frau hat grad vorhin ein Kind geborn, und ich muß Feuer machn, damit sich die beiden wärmen können.

MARKUS: Feuer? – Da, nahm ders ner!

JEREMIAS: Ower Markus, unner Feuer it doch scho ganz roogebrönnt, da konner doch gur näes miitnahm. Ich läich rasch ä puur döärra Äst nach, äß dar Moo sich ä puur brönneta miitnahm konn!

MARKUS: *(Hält ihn zurück.)* Halt, du bleist da! *(zum Fremden:)* Da, nahm der doch einfach sou viel miit, wia du brauchst.

FREMDER: Ich dank dir, Freund. *(Nimmt mit bloßen Händen die glühenden Kohlen und legt sie in seinen Hut und will fortgehen.)*

MARKUS: *(Hält ihn mit einer Handbewegung zurück.)* Wos itn dos für ä Nacht, wua di Hünd nit beißn, di Bätzerli nit erschreckn, mei Schpeer nit fliach will un die glühenda Kouhln di Haut nit verbrönna? Wäßt dus, Jeremias?

JEREMIAS: Nä, ich wäß bloß, äß mers dauernd hääß un koolt üwern Buckl löäfft.

MARKUS: Wos itn dos fere Nacht, un wouhar kümmt dos, äß alla Dinger Barmherzigkeit bezeuchn?

FREMDER: Ich kann dir das nit sagn, das mußt du dir schon selber anschaun. *(Geht fort.)*

MARKUS: *(nachdenklich)* Ich mueß sah, wos da loas it. Gähste miit? Mir gähn dam Moo nach!

JEREMIAS: Ower mir könna doch nit unner ganza Hard ällee läss!

MARKUS: Worüm nit? Dar wua di Hünd gezähmt hat un dia Bätzerli dan Moo sei Gewicht nit hat schpür lass, mein Arm festghaltn un dos Feuer am Brönna ghindert hat, dar konn sicher aa verhindern, äß unnera Hard öbbes passiert! Gäh miit, ich bin gschpannt, wos mir heut nachts zu sahn kreechn! *(beide ab)*

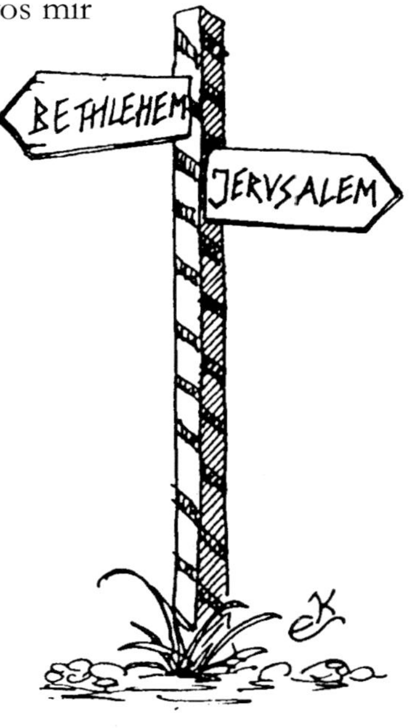

SPRECHER: Wos dia zwä zu sahn kreecht hömm, dos wissn ja inzwischn scho Milliona un Abermilliona vo Christn auf der ganz Walt seit zwätaused Jahrn! Mir ower wölln weiter in Wort, Musik un Gsang auf all dos eigäh, wos sich damals in Bethlehem getan hat.

Dar Baum is Spitze

Di Familie von Sigi un Klemens wohnt im Bannkreis vo Wärzbärch, un zwar racht idyllisch am Waldrand. Üm än Christbaama brauchn sa si jednfalls nit ooschtell. Un außerdem hömm sa in ihrm ›Mini-Naturpark‹, wia mer ihrn Hausgartn ruhich bezeichn konn, selwer passenda Tannabäämli schtähn.

Ower am Heilichn Awed vur ä puur Jährli hats plötzli geklinglt, un ä Nachbersmädla richt aus: »Wenn ihr än Christbaum braucht, könnter een vo uns hab. Der Papa hat e paar absääch müß!«

Da konntn Klemens un Sigi natürlich än Christbaama brauch. Sou lang konn nämli ihr Anwärter auf des hocha Amt nu bis zum nächstn Jahr sei ›Gnadn-Raachäwasser‹ im ›Naturpark‹ sauf. Sie hömm än ziemli groaßn un schlankn Baama in Empfang genumma, sich fast überschwengli bedankt, un der Klemens hat si an di Ärwet gemacht. Seit ihrm Hausbau vur än Jahrzehnt itter nämli fast staatlich geprüfter ›Hobby-Handwerker‹ worn un konn prima mit vielerlei Handwerkszeuch ümgäh.

Ar nümmt sei Metermaß un mißt in dara Eckn, wua dar Baam hiesöll, die Höh vom Zimmer: Zwä Meter dreiesachzich! Also mißter beim Baama zwä Meter verzich un saacht dan Baama ab. Wiere grad sei Bäämla näher betracht, kreecht scho di Sigi än roatn Koupf un fröächt: »Wos söll denn dos sei, wua hastn du da di Äst gelassn?«

Än Klemens it dos ower aa scho aufgfalln, un ar guckt si dan Baama näher oo, obwouhls ja ächedli häßt: Än gschenktn Gaul guckt mer nit neis Maul! Ower da dar Baama kee Maul hat, kommer sich na ja ruhich ä wengla näher ooguck. Jednfalls hat dia »Schtanga«, wia di Sigi dos weihnachtlicha Gewächs nennt, im öiwern Bereich gur kee Ästli. Bloß ganz untn senn ä puur zaghafta Ansätz vo Zweichli.

Bei der Sigi setzt sich grad nu rachtzeiti der Sinn fer Humor döärch, un sie meent: »Warum haste denn den Baum vo ob runter gemessn un nit vo unten nauf?«

Da meent ower der Klemens: »Na, hörch ämal, di Schpitzn is doch obm, un dia hat ja gepaßt!«

Di Sigi kontert ower: »Den kannste doch nit aufstell. Der sieht ja aus wie ä Bohnestange mit Nadeln. Wo willste denn da überhaupt di Kerzn un den Christbaumschmuck hiehäng?«

Dos beantwort ower der Jüngst vo der Familie: »Da müßt ihr halt übers Eck Drähtli spann, da paßt nachert viel hie!«

Ins Eck hat jednfalls dos Bäämla nit gepaßt. Zuerst wollt na der Klemens glei widder wachschmeiß, ower weil der Jüngst, der Marcel, gemeent hat: »Immer no beser als gar kee Baum«, stellt na – dan Baama natürli un nit dan Marcel – der Vadder oo di Schmalseitn vo der Bücherwend.

Ower da kuma grad di zwä Töchter, di Alexandra un di Mareike. Di Groaß, di Alexandra, fröächt erstaunt: »Was soll denn des sei: unner Christbäämla? Gel, ihr wöllt uns veräppl?!«

Di Sigi will ihrn Klemens unterstütz und säicht ironisch: »Des is kee Christbäämle, des is bloß ä runtergfallne Vorhangstange!«

»Un wie komme di Nadeln an di Vorhangstange?« will die Alexandra wiß.

Ower di Mareike stellt kategorisch fest: »Der Baum is Spitze! Aber sonst nix!«

Inzwischn hat der Klemens prowiert, ä puur Kertzn am Christbaama oozubrenga. Ower weil di drei Astschpitzn odder schpitza Äst einfach schteil nach oubn schtrebn, habn die neun Kerzn, dia wu ar festmach konnt, nit senkrecht nach oubn gezeigt, sondern warn waachracht gelaachn. Ar hat wouhl versücht, di Äst nach untn zu drücken, ower dia hömm si ümmer widder aufgericht un gen Himml geguckt, ganz im weihnachtlichn Geist.

Un grad in dam weihnachtlicn Geist hat die ganz Familie beschlossn: »Weil mer nu viel zuviel vo der Schmalseitn der Bücherwend siäht un zuwenich vom Christbaama, is des nit der richti Weihanchtsbaum für uns. Schmeißt na weg, mehr isser nit wert!«

Zum Glück hat der Nachber nu ä weiters Bäämla. Dabei hömm dann die verhindertn Baambesitzer erfuhrn, äßes sich bei dere Tannebäämli üm abgsaachta Baumspitzn ghandelt hat, dörch di di Sicht der Hausbewohner beeinträchticht wordn war.

Jetz hömm sa zwar än ganz brauchbarn Baama kreecht, ower beinah wär dar fast aa widder nausgschmissn worn, denn mer mueßt festschtell, äß dar Baama auf eener Seitn fast kee Äst ghot hat. Ower na hat si rausgschtellt, äß dos grad für dan häetzter scho drittn Schtandplatz des Weihnachtsbaamas äs Richticha war. Denn die Oma Rosa hat bei ihra kritischn Betrachtung am erschtn Feiertooch festgschtellt: »Also, wos höt ihr doch für än prächtin Christbaama. Grad auf dara Seitn, wure am Wertiko schtäht, itter sou gewachsn, wia ihr na braucht: Nämli ganz ohna Äst!«

Di Weihnachtsplatzli

In der Vurweihnachtszeit wern seit eh un je Platzli gebackn. Un weil dia bekanntli in der Adventszeit nu ä bißla besser schmeckn als an Weihnachtn selwer, möässn die Müdder ümmer auf ihra Platzli aufpass wia die Haftlesmacher, süsst senn am Heilichn Awed keena mehr da von dara gebackena Schtarnli, Halbmönder, Nikeläuser un Tannebäämli. Dafür tätn scho die kleena, gröäßera un ganz groaßa Kinner sorch.

Mei Freund Hans und sei Schwager Andräs, aus än Dorf hinter Schweifert, ghöärn aa zu dara ganz groaßa Kinner un Naschkatzn. Dia hömms doch zegur ämal fertigebracht, än ganzn groaßn rundn Kaasblootz, dar zum Abkühln im Iern gstanna war, auf een Sitz zammzuputzn bis auf ä ganz klees Schtückla. Dia hömm weder Bauchwartich kreecht noch Gewissnsbisse, obwouhl dinna in der Schtumm vier Leut zu Besuch am Kaffeetiisch gsatzn senn un sich auf dan frischn Kaasblootz gfrääت hömm. Mei Fraa un ich worn da aa dabei.

Da komma sich ja illustriert vürschtell, äß dan Andräs sei Frau, än Hans sei Schwester, in der Adventszeit ümmer ihr liawa Noat ghot hat mit ihra Weihnachtsplatzli, un jeds Jahr fast hat sa korz vur Weihnachtn tüchti nachback möäss.

Ower eemal hat sa gsoocht: »Heuer gabi euch Dunnerkeiler, heuer bleit euch äs Maul sauber!« Hat widder ihr Gwantum Platzli gebackn, dara zwä ä Schüssl voull gaam un di annern – äs war nu genuch füre ganze Kompanie Soldatn – sou guet versteckIt, äß außer ihr werklki kees dan Platz gekennt hat.

Zwä Wochn vur Weihnachtn warn der Andräs un der Hans im Andräs seiner Küchn ghockt. Än Andräs sei Fraa war nach Schweifert gfuhrn zum Christkindles-Eikäffn. Di Schüssl mit Platzli war läär bis auf ees.

Säichter Hans trüebsinni: »Sooch ämal, wäßte werkli nit, wuhi die Lisa dia Platzli hat?«

»Nä, äs it wia verhext«, jammert dar, »äs ganze Haus howi scho döärchgschtürt un finn un finn dia Platzli üms Verreckn nit!«

Grod wiere dos säicht, siähter, wia der Huund, der Hasso, dos letzte Platzla sehnsüchti ooguckt un sei Pfotn aufn Tiisch läicht. Denn dar Hasso war genausou vernäscht wie di zwä Mannsbilder.

Da hat der Hans ä Idee: Ar bricht dos letzte Platzla ausenanner, geit di ee Hälft dan Hasso un säicht: »Such, Hasso, such!«

Un werkli: Der Hasso frißt dos Platzla – äs war ees vor dara zwästöcketa, mit Marmelad gfüllt –, guckt örscht dan Hans, nachert sein Herrn, dan Andräs, oo … un schnüfflt loas! Im Kaller, in der Vorratskammer, unter der Bettstatt, im Wertiko, im groaßn Halter – üweroull sücht der Hasso, find ower näes.

Zuletzt kümmt der Boudn dro. Im Schloat henga bloß die Schinkn zum Räächern – ower vur dara groaßa Mahltruha, da bleit der Huund plötzli stäh un wäenslt un kratzt am Däickl rüm. Dar Däickl war zwar zugschlossn, ower dos war fer dia zwä Halunkn kee Hindernis. Und siehe da, unterm Mahl versteckIt warn die Büchsn un Schachtln mit dara Platzli.

No, wos meent ihr, wos dia gemacht hömm? Sou schnall hömm dia äs ganza Jahr nit geärwet wia oo dann Tooch! Hömm di ganza Platzli ümgerömmt un di leera Büchsn un Schachtln widder schöä unters Mahl versteckIt wia vurhar. Der Hasso hat natürli sei zäah Prozent Finderlohn kreecht.

Un sou its kuma, äß am Heilichn Awed, mittn im Winter, sich im Andräs seiner Schtumm ä Säugewitter entlodn hat, wia di Lisa festschtelln mueßt, äß zum örschtn Mal in ihrm Laam am Heilichn Awed kee eenzigs Platzla im Haus war.

Der Hasso ower, dar war unterm Tiisch gelaachn und hat ganz unschuldi mitn Schwoonz gewäidlt.

III. Kapitel
Spiele um die Heiliche Nacht

Die folgenden Spiele können als kleine Theaterstücke gebracht werden, aber auch als Lesespiele, je nach örtlichen Möglichkeiten. Beim Lesespiel, bei dem die Mitwirkenden ihre Texte in der Hand behalten können, ist es aber auch ratsam, eine zumindest bescheidene Kostümierung zu verwenden. Sie sollte natürlich schon fränkischen Charakter haben. Die angegebenen Lieder sollen nur hilfreiche Vorschläge sein.

Fränkische Weihnachtsgeschichte

Dieses Spiel kann von einer Person gelesen oder als Spiel von mehreren Personen als Theater oder als Lesespiel gebracht werden.

1. Die Erwartung

SPRECHER: Ihr Leut, wos ich euch häetz erzähl,
dos howi nit erfundn.
Äs schpielt im altn Israel,
in Palästina duntn.

Äs it grod üms Jahr Eins passiert,
drümm merkt mer sich dos leichter.
Gott selwer hats sou arranschiert –
un wos dar will, erreichter.

Di Menschn damals höm gewart,
un äs war sou wia ümmer.
Di Zeitn warn fer alla hart,
fer kleena Leut nu schlimmer.

Äs Gald war knapp, di Schteuern groaß,
hömm werkli näes zu lachn,
sou mancher läßt än Seufzer loas:
»Gott, du mueßt bal wos machn!«

Un dan Messias – längst verkünd –,
dan wünschn viela har.
Di Römer, ja, dia sölln verschwind
un Hunger, Kriech un Gfahr.

Un vouller Sehnsucht gähn di Leut
Gott näher auf di Berch.
Dos war sou ähnli, gäht mer heut
zum Baatn nei di Kerch.

(Lied: Laßt uns auf die Berge gehn)

2. Die Verkündigung

SPRECHER: Am groaßn Sää Genezareth,
da liecht gleich links denaam
ä Dorf, un dos häßt Nazareth,
un in dam Kaff, da laam
ä braver, tüchticher Zimmermoo,
dan töän sa Josef nenn.

Di Häuser, wua dar baut, dia koo
sou leicht kee Schtorm neirenn.
Un di Maria war sei Braut,
racht fromm un aa bescheidn,
dia hat ganz fest auf Gott vertraut,
dan Josef konn sa leidn.

Sie war ämal am Nachmittooch
grod in ihrm Zimmer dinna,
da it – äs trifft sa fast der Schlooch –
ä Engl ihr erschiena.

ENGEL: Gegrüßet seist du, Jungfrau rein!

SPRECHER: Sou hat ar zu ihr gsoocht.

ENGEL: Sollst des Messias Mutter sein!

SPRECHER: Da it ä Schauer ihr gejoocht
vom Koupf bis nuntern kleena Zäh.
Doch säicht sa ganz bescheidn:

MARIA: Wia söll dos alles für sich gäh?
Ich bin doch dara Zeitn
nu läidi, ho keen Moo nu ghot,
drümm hättis garn gewißt!

SPRECHER: Dar Engl säicht:

ENGEL: Vertrau auf Gott,
weil's durch ihn möglich ist.
Dein Sohnes Nam' soll Jesus sein,
so steht es in der Schrift.
Und schließ in deinem Herzen ein
alles, was ihn betrifft!

SPRECHER: Un als dar Engl sou gered,
werkli racht fein gedrachslt,
säicht sa zu ihm, wia ar da schtäht:

MARIA: Hast du mi nit verwachslt?
Doch ich bin für Gott ümmer da.
S gäht alles nach seim Wort!

SPRECHER: Dar Engl ower seechnt sa
un it ganz plötzli fort.
Maria mitn Josef red,
doch dar scho alles wäß.
Zu ihra Baas, der Lisabeth,
mecht sa si auf di Rääs.

(Lied: Als Maria übers Gebirge ging)

3. Die Wanderung

SPRECHER: Maria hat häetz fleißi ghofft,
der Josef baut sei Häuser,
doch da passiert wos, wia sou oft:
In Rom, da will der Kaiser
nu mähr Schteuern, ar braucht Gald –
Augustus hatter ghäßn –
un schickt drümm auf der ganzn Walt,
di annern Leut auf Rääsn.
Un üweroull im ganz Land
gaam Polizeidiener bekannt:

POLIZEIDIENER: Bekanntmachung! Ob Fraa, ob Moo,
im ganzn Römerreich
ä jeder Mensch, dar mald si oo
sou schnall wia möchli – gleich!

Un bloß in seiner Vaterstadt
werd jeder registriert;
un war nit folcht, dar werd fei glatt
im Gfängnis eigwartiert.

Drümm, Leut, macht auf uuverdrossn,
denn gur keen Auswaach hömmer.
Un äß ihrs wißt: Dos hat beschlossn
dar Kaiser vo di Römer!

SPRECHER: Der Josef säicht:

JOSEF: Dos gfellt mer nit,
doch helfts halt näes, ich wander!

MARIA: Du, Josef, horch, i gäh scho miit.
Mir ziähn häetz mitenander
vo Nazareth nach Bethlehem!

SPRECHER: Auf Faldwaach un auf Schtraßn,
da räsn sa sou uubegweem,
äß sa der Muet verlassn.
Der Josef tröst:

JOSEF: Fraa, ich sooch dir,
äs it häetz näes mer weit,
mer kreechn scho ä Nachtgwartier,
na konn sa kumm, dei Zeit.

SPRECHER: Doch wies ra weiterrganga it,
dos war nit eenerlär.
Höert ner guet zu, na kummter miit
un kennts dann sou ungfähr.

(Lied: Jetzt fangen wir zu singen an)

4. Die Geburt

SPRECHER: Zu dara Zeit, da gilt im Land
dos Bethlehem nit wenich.
War aa als Davids Schtadt bekannt,
nach dam berühmtn Könich.

Doch wars grad damals vouller Leut
von waachn dara Zählung.
Galdgier, Hartherzigkeit un Neid,
dia feiertn Vermählung.

Dos kreechn aa dia zwä zu schpürn
beim Süchn nach Gwartier.
Dar Josef töät si scho scheniern,
un ar verzweiflt schier.

Sou laffn sa vo Tür zu Tür,
döärch Gaßli un dörch Gassn,
bis eener säicht:

WIRT: Ihr zwä, bei mir
könnt si wos machn lassn.
Im hintern Tääl vo unnerm Haus,
im Schtooll, töät nit viel stäh.
I läich na glei mit Schtroah nu aus,
i denk, dos könnt gegäh:

Da könnter blei, soulang ihr wöllt.
Äs stäht dört zwar kee Wiechn,
doch wenn dos Kindla ookumm söllt,
konns in der Krippn liechn!

SPRECHER: Dia zwä hömm si dört eigwartiert
un kumma halbwags unter.
Um Mitternacht its na passiert –
ihr wißts ja scho: dos Wunder!

Wias Kiind da liecht, sou fein un zart,
heuln sa fast, ohne Grund.
Äs Schtroah war wouhl ä bißla hart,
doch säicht mer, dos sei gsuund.

Bevur sa schlaffn, räidn sa,
ob sich di Schrift nit errt,
ob werkli dos klee Kindla da
einst der Messias werd.

Maria braucht si nit lang bsinn,
sie säächt:

MARIA: I gläb dos, freilich;
denn ich schpürs in meim Harzn din:
Di Nacht heut, dia it heilich!

(Hirtenmusik oder Krippenlied)

5. Die Hirten

SPRECHER: Äs hömm in dara selbn Nacht
nu annera Leut keen Schlaf.
Di Hertn warns, dia hömm gewacht
da dauß bei ihra Schaf.
Di Hertn, dia warn salla Zeit
nit oogsahn, ner geduld,
genau wia di Zicheuner heut.
War fröächt da scho nach Schuld?

Doch grod di Hertn senns gewasn
damals in dara Nacht,
dia wua der Herrgott auserlasn.
War hätt sou wos gedacht?
Ä Engl, dar hat dara Leut
di Botschaft laut verkünd:

ENGEL: Der Heiland ist geboren heut
im Stall als armes Kind.
In Bethlehem, in Davids Stadt,
das Wunder ist gescheh'n;
ein Stern leucht' überm Stalle grad,
ihr könnts dort selber seh'n!

SPRECHER: Un gleich drauf war am Himml droum
Musik un Gsang ganz fröhlich.
Un alla Engl töän Gott loum. –
Di Hertn, dia warn seelich.

ENGEL: Allein Gott in der Höh sei Ehr' …

SPRECHER: Sou hömm di Engl gsunga.

ENGEL: … damit's auf Erden Frieden wär'!

SPRECHER: … hats weiter nu geklunga.

ENGEL: Di Menschen alle haben Fried,
die guten Willens sind.
Drum macht euch auf, geht alle mit
und suchet gleich das Kind!

SPRECHER: Dos Gloria von dara Nacht,
dos it nu oft erklunga.
Un deshalb, hömmer uns gedacht,
werds aa vo uns häetz gsunga.

(Lied: Gloria sei dir gesungen)

6. Der Gang zur Krippe

SPRECHER: Dar Engl, dar verläßt dia Manner,
un dia warn ziemli baff.
Sie räidn dauernd döärchenanner,
un keener konn mähr schlaff.

Der elste Hert säicht:

ALTER HIRTE: Meine Herrn,
da it ä Wunder gschahn.
Hob, auf gähts, äß mer inna wern,
wos sich da hat getan.
Äs konn doch nit sou schwierich sei,
ä Neugeburns zu finna.

S liecht in ä Krippn, merkts euch fei.
Un war als Örschter dinna,
dar führt si dört anschtändi auf!
Dos Kiind it kee Geringer.
Un euer Huet bleit aa nit drauf,
un schneuzt nit döärch di Finger!

Halt! Äßichs Wichtigst nit vergaß:
Ä Jeder nümmt wos miit!
Millich un Broat, vielleicht än Kaas,
nit zäh wia Fansterkitt!
Hob, auf gähts häetz! Vergaßts fei nit:
Benahmt euch nit wia Ramml.
Andräs un Jörch, ihr gäht nit miit,
ihr bleit bei Schaf un Hamml!

SPRECHER: Di Hertn hömm si aufgemacht.
Mir wölln mit ihna gäh,
bis mer dann in der Heilich Nacht
töän an der Krippn schtäh.

Dos Liäd, dos mir zum Abschluß singa,
dos wend si fei an jedn.
Ganz innich sölls häetz nämli klinga:
Kommt, lasset uns anbeten.

(Lied: Nun freut euch, ihr Christen)

7. Schlußwort

SPRECHER: Mir hömm häetz für euch gschpielt un gsunga,
warn ganz bei unnera Sach,
un wenns ä weng in euch geklunga,
na denkt ruhich drüwer nach.
Di Friednsbotschaft auf der Walt,
dia höärt mer ümmer widder,
un doch regier Haß, Neid un Gald –
dia Wahret it fei bitter!

Doch töäts nit auf di annern schiäb,
klopft selwer euch ans Harz
un helft mit echter Nächstnliäb,
zu lindern Noat un Schmarz.
Na könnter aa dos Weihnachtsfest,
sou wia mer söll, erlab;
un wenns euch Zeit zur Bsinnung läßt,
na töäts euch Friedn gab.

Mir wünschn euch ä guets neus Jahr –
äs it ja näesmer weit –,
nit schlachter, als äs alta war,
un viel Zufriednheit!
Fürs Zuhöärn dankn mir euch aa
un ziähn uns häetz zurück.
Der Chor (?) un aa di Schpielschar da,
mir wünschn euch viel Glück!

Drei Hirten gehen zum Stall

Nach einem Lesespiel in hochdeutsch und Prosa von Josef Maria Heinen

1. Teil

ENGEL: Ein Engel bin ich in diesem Spiel.
Und was ich von mir noch sagen will:
Ich bin keine symbolische Figur,
bin einfach der Engel Gottes nur.
Denkt nicht an Bilder, romatisch und süß,
nicht an den Flammengel im Paradies,
nehmt mich einfach als Wirklichkeit hin,
als den Hirtenengel, der ich jetzt bin.

MARKUS: Ich häß Markus, hob Hamml un Schaf,
konn mancha Nacht vur Sorchn nit schlaff.
Mueß drüwer nachdenk, wos i häetz nu will,
denn dreitaused Schaf, dos senn doch nit viel!
Ich könnt nu sou an di zwätaused gebrauch. –
Bloß manchmal, da howi ä Säuwuet im Bauch:
Der Wolf un der Luchs, vielleicht nu di Räutn,
un Gauner un Räuwer, dia töän viel erbeutn.
Dazu brengt ä Schaf ümmer wenicher Gald –
ich konn euch sooch, äs it schwär auf der Walt!

AMOS: I bin der Amos, ä ganz alter Hert,
hob viel im Laam erlabt un aa ghöärt.
Mei Hamml un Schaf senn zwar gur nit viel,
doch ich bin zufriedn un aa bal am Ziel.
Bloß ees nu, ihr Leut, dos konni euch sooch:
Di Hoffnung, dia töäri im Harzn din trooch,
äß der Messias häetz bal zu uns kümmt
un vo uns di römisch Besatzungsmacht nümmt.
Denn wos di Profetn einst hömm profezeit,
it eigetroffn, häetz its bal souweit!

DANIEL: Daniel häßi, beim Markus im Dienst.
Manchmal sooch ich mer: Daniel, du schpinnst,
du schaffst Tooch un Nacht un kreechst wenich Gald,
dabei it doch oft einmalich di Walt.
Wenn in der Schteppn di Blumma bunt blüehn
un am Himml di Schafwölkli ziähn,
der Wiind un der Soond ä Liäd heemli rauschn,
da möchti rümliech, möcht guckn un lauschn.
Doch wenn nachert Wölf odder Räuber kumma,
werd näes mer getreemt – ä Harz werd genumma,
un mit meiner Keuln werd alles vertriem.
Dabei bin ich ümmer Siecher gebliem.
Bloß schlaff möchti nachts aa, ruhich wia di Herrn,
doch wos nu nit it, dos konn ja nu wern!

BARUCH: Der Ärmst un Armseelichst bin ich, ihr Leut.
Baruch, den Säufer, sou nennt mer miich heut.
Früher, da howi viel Schaf ghot, war reich,
Än Markus sei Herdn un meina warn gleich.
Doch dann howi bloß nu gsuffn un gschpielt,
als Wertshauskönich, da howi mi gfühlt. –
Mei Reichtum it fort, bin häetz battlarm;
sou werds bei mir bleim, vo heut bis zum Schtarm.

(Beliebiges Adventslied)

2. Teil

ENGEL: Das Spiel beginnt jetzt, macht's euch recht bequem.
Folgt mir im Geiste – wo vor Bethlehem
bis zum Horizont Grassteppe sich dehnt,
tagsüber der Mensch nach Schatten sich sehnt,
dorthin versetzt euch jetzt unser Spiel,
das euch zum Nachdenken anregen will.
(Engel tritt ab, Markus und Amos
kommen auf die Spielfläche.)

MARKUS: Es werd scho dunkl – am Zaun dört, beim Pferch,
da it bei der Schaf nu ziemli Gewörch.
Dos dauert heut lang, bis dia eigetriem,
di Knacht senn scheints widder zu lang dauß gebliem.
Ä faula Bagaasch, wölln dauernd mähr Gald …

AMOS: Mensch, Markus, du schennst auf Gott un di Walt.
Du hast auf alles ner bloß Gift un Wuet.
Doch wenn du jammerst, na gähters guet.
Vo Jahr zu Jahr gröäßer dei Reichtum it;
wos hastn davo? – Du nümmst doch näes miit!

MARKUS: Di Zeitn senn schlacht, konnst nit genuch sorch.
Denk dir, dar Baruch, dar wollt bei mir borch.
Dan Süffling howi natürli näes gaam. –
War wäß, uns blüeht nu manches im Laam.
Dia Römer, dia Hünd, kreechn aa nit genuch,
betracht doch bloß häetz ihrn neuestn Zuuch.
Da wer mer doch aa widder schöä beschissn,
wenn alla sich häetzter aufschreib lass möässn.
Mir wern nu unner blaus Wunner erlaam!
Drümm kratzi fer schwera Tooch öbbes zamm.

AMOS: Ach, wenns souweit it, gäths än Gäßgroom nei,
wos nützt da dei Schpuurn, dei Jammern un Gschrei!?!

DANIEL: *(kommt)* Jawouhl, dos schtimmt: Hoult der Teufl di Schaf,
na söller di Hamml aa nei di Höll schaff!

MARKUS: Du, halt dei frachs Maul! – Wua kümmmstn häetz har?
I ho scho beföärcht, di Hard it in Gfahr.
Alles in Ordnung?

DANIEL: I wäß nit sou racht.
I hob mer werkli mein Tääl scho gedacht:
Di Hard it uuruhich, sou war sa nu nie,
üweroull schpringa di Bätzerli hie.
Alles, wos racht it – heut nachts it wos loas!

MARKUS: Beschtimmt öbbes Schlachts!

DANIEL: Ja, wüßt ich dos bloß!

AMOS: Ihr saht ümmer schwarz. I gläb dos fei nit.
Zwar schpür ich dos aa, äß erchedwos it,
Doch howi kee Angst – i lauer un wart,
als käm heut nachts wos, auf dos i scho gharrt.

MARKUS: In ä solcha Nacht erwart när näes Gscheits.
I wach als Örschter, neun Uhr its bereits.
Heut schlaffi sou nit, ho üm mei Schaf Angst.

AMOS: I schlaff üm sou besser! – Wos nützts, wenn du bangst?
Guck di doch bloß üm, di Nacht it sou hall,
als möchts widder Tooch war, un zwar ziemli schnall.
I läich mi häetz schlaff, denn ä guets Gewissn,
dos it mei Latti ä wächs Ruheküssn.

DANIEL: Mir it dos egal, wos it scho debei,
war rachtschaffn müed it, dar schläfft aa glei ei.
Worüm sich aufreech? – Dos wär doch gelacht,
wenn heut wos passier tät. – Ich wünsch euch guet Nacht!

(Lied: Ihr Hirten, erwacht)

3. Teil

(Der Engel betritt seitlich die Bühne.)

MARKUS: Häetz wäri fei fast ä weng eigenickt,
da hömm doch mei Aachn dan Glanz da erblickt.
Der Boudn, äs Groos, äs Wasser, der Soond
leucht alles vo inna, debei scheint kee Moond.
Di Bätzerli gaam im Pferch nu kee Ruah,
mei Huund schtäht im Licht sou groaß wia ä Kuh.
Un da oum am Himml, wos itn dos häetz?
Ä Licht wia di Sunn – ja, geits da kee Gsetz?!
Da kreechste ja Angst – Amos, Daniel!
Der Himml, dar brönnt, erwacht auf der Schtell!

AMOS: Wos schreiste denn sou, wos itn häetz los?

DANIEL: War weckt mi denn da aus Abrahams Schoß?

MARKUS: Wacht auf doch, wacht auf! – Äß ihr da schlaff könnt?
Äs it jemand da – ich bin wia geblend!

ENGEL: Hirten von Bethlehem, fürchtet euch nicht,
ein Engel Gottes ist's, der zu euch spricht.
Die frohe Botschaft will ich euch verkünden:
In einem Stalle werdet ihr finden
Christus, den Heiland der Welt, heut gebor'n,
der zum Messias von Gott auserkor'n.

DANIEL: Mensch, Moo, du mechst doch ä bißela Schprüch!

AMOS: Dos it doch ä Engl! – Wua söll mer denn süch?

ENGEL: In Bethlehem dort, weil Gott Davids Stadt
– Profeten Mund es verkündet längst hat –
zum Urquell des Heiles einst auserkoren,
ist der Messias dort heute geboren.

Macht euch gleich auf, um ihn zu erreichen.
Merket genau, dies sei euch ein Zeichen:
Gewickelt in Windeln, in einer Krippe,
lieget der Heiland aus Davids Sippe.

MARKUS: Wos, der Messias dar liecht in än Schtooll!?!
Gläbt dos doch nit, dar will uns verkohl.

ENGEL: Ehre sei Gott, den Menschen sei Fried.
Wer guten Willens ist, ziehe gleich mit.
Laßt euch von Habsucht und Kleinmut den Glauben
an die Erlösung und Rettung nicht rauben. *(geht ab)*

DANIEL: Ar it widder fort, wos söll dos bedeut?

AMOS: Der Messias it da. Auf, auf, ihr Leut!

DANIEL: Der Messias it da, ä Engl war dos? –
Mensch, in dara Nacht it werkli wos los.
Mir süchn dos Kiind, da möäß mer doch hie!

MARKUS: Dadraus werd fei näes! – Du gähst häetzter nü
un wachst bei der Hard, dia bleit nit ällee!

AMOS: Mensch, bist du ä Karl, laß doch alles schtäh!

MARKUS: Du hast leicht räidn mit deiner puur Schaf.
Meenste, mei Hard, dia bleit ruhich un brav,
wenn sa ällee it un werd nit bewacht? –
Der Daniel bleit da, süsst ware mei Knacht!

DANIEL: Dei Kündigung da, dia töät mer nit wäh,
weil ich häetzter schnurstracks zum Messias hiegäh.
Bei ihm trati ei,un bei dir trati aus!

AMOS: Wemmer euch zuhöärt, na könnts een fei graus!
Möäßte denn ümmer bloß Schtreitn, ihr Ramml?!
Gott sorcht beschtimmt aa fer Schaf un fer Hamml,
wenn sa ällee senn. – Ja, gläbt ihr dos nit?

MARKUS: I wäß nit sou racht …

AMOS: Gäh zu, gäh häetz miit!

DANIEL: Jawouhl, gäh mer loas, i konns nit derwart.
Vergangeheit, Zukunft un Gechewart –
alles it ees heut – wia ich mi scho frää!
(Daniel und Amos ab)

MARKUS: Sölli häetz dablei, söll ich häetzter gäh? –
Ich konn heut nit ällee lass, mei Hard.
Sou viel it dar Schpaß mir werkli nit wart!
(geht auf die andere Seite ab)

(Lied: Kommet, ihr Hirten)

4. Teil

(Daniel und Amos betreten eilig die Bühne.)

DANIEL: I sah scho dan Schtooll – Mensch, guck doch, dos Licht,
wia sichs im Wasser schpiechlt un bricht.

AMOS: In Bethlehem senn doch Tausende heut,
und doch schtähn am Schtooll dört häetz gur kee Leut.

DANIEL: Dia senn alla bliind, ob arm odder reich,
bloß wenns üms Gald gäht, na renna sa gleich!
Gal, Markus, dos schtimmt? – Dar it gur nit da!

AMOS: Dar Markus war der Verheißung sou nah.
Hat doch dan Engl sei Botschaft vernumma
un war aa bliind, süsst wäre miitkumma.
(Baruch kommt von der anderen Seite.)

DANIEL: Ach, laß na gäh, mir gähn häetz zur Krippn.

AMOS: Da töät eener schtäh! – It aus deiner Sippn,
Der Baruch, dei Onkl …

DANIEL: Dar Battler, dar Lump?
Hat alles versuffn, häetz labter auf Pump.

AMOS: Sooch, Baruch, wos töästn du da, heut nacht?

BARUCH: Ich? – I bin heut vom Schlaf aufgewacht,
höär jemand singa un sah dört ä Licht,
dos aus der Wolkn auf än Schtooll owibricht.
Äs ziäht mi un lockt mi ümmerzu hie.
Sou wia heut aweds wars mir fei nu nie!

AMOS: Der Heiland it heut bei uns da geburn.
Mir warn örscht zu dritt, een hömmer verlurn.
Denk doch, e Engl, dar töät uns verkündn,
äß mir än Messias im Schtooll hintn findn.
Un mir sölln hiekumm, ja, grod mir Hertn!

BARUCH: *(nachdenklich zu sich selbst)*
Dar Engl hat gsoocht: »Friede auf Erden!«
Ich hobs doch aa ghöärt … i trau mi bloß nit.
Ihr wißts ja, wia weits mit mir kumma it.
Hob Hamml un Schaf versuffn, vermacht –
i bin ä Lump, bin än Teufl zu schlacht!

DANIEL: Äß des ner eisiehst, jaa, häetz its zu schpät.

AMOS: War säichts denn, Daniel, äß dos nit gäht?
Un du örscht, Baruch, du brauchst nit verzaach,
du döärfst mit uns gäh, dos it doch kee Fraach.
Dich hat der Heiland sein Engl lass höär,
du siähst aa dos Licht, dos wiecht doch racht schwär.
Du gähst häetz mit uns!

DANIEL: (beschämt) Amos, du hast racht!
Wos hob ich Simpl mir dabei gedacht?
I wollt gscheiter sei, als Gott selwer it..
I wääß, i war dumm. – Zu, Baruch, gäh miit!

BARUCH: Wos, ich dörf miitkumm? Dörf werkli miit euch?!

AMOS: Daniel, dos it racht, mir gähn häetzter gleich.
Vorra beim Engl, da warn mir ja drei.
Der Markus, dar it zwar näes mer debei,
doch mitn Baruch aus deiner Sippn
gähn häetzter trotzdem drei Hertn zur Krippn!

(Lied: Inmitten der Nacht)

6. Teil

ENGEL: Den Menschen die guten Willens sind,
verhieß Gott Frieden durch dieses Kind
das als Messias einst ward geboren,
von Gott zum Heil der Welt auserkoren.

Geht mit zur Krippe, geht mit den vielen,
die wie die Hirten mit gutem Willen
sind auf dem Wege zum Heiland der Welt.
Und weil es Gott immer wieder gefällt,
euch einzuladen als Hirten zum Stalle,
ruf ich euch zu und frage euch alle:
Könnt ihr in euch Gottes Gnade fühlen …
habet ihr alle *den guten Willen!?!*

(Beliebiges Weihnachtslied)

Ei, guck doch, wia dar Schtarn dört leucht

SPRECHER: Wos einst passiert in Israel –
ä jeder hats gelasn –,
dos könnt mer doch aa sou erzähl,
als wärs bei uns gewasn.
Drümm schtelln mer uns halt dadrauf ei:
Der Jordan wär der Mee,
Jerusalem könnt Wärzberch sei,
Galiläa hint di Rhöä.

Un unner Kreis da, eigerahmt
vo Haßberch, Schtächerwald,
da unner schöäs Schweiferter Land,
dos wär Judäa halt.
Jeds Dörfla könnt da nachert sei,
dos fränkisch Bethlehem.
Die Heilich Nacht, schtellt euch drauf ei,
passiert bei uns derhemm.

Fränkisch senn da di Hertn fei
bei ihra Schaf un Hamml.
It mancher frommer Moo dabei
un aa manch gscherter Ramml.
Mir schtimma ei uns mit än Liäd,
gähn zu ihrm Feuer naus.
Senn leis, äß uns kees höärt un siäht,
un wölln sa mal belausch.

(Lied: Es wird schon gleich dunkel)

1. Teil: Am Hirtenfeuer

JÖRCH: Dia Nacht heut it komisch. Mer meent, äs wöllt schnei,
un doch schmeckt di Luft sou, als wenn Frühjahr scho sei.

HANNES: Ja, Jörch, ich sooch ders,
di Walt it verdräht!

JÖRCH: Hannes, i gläb ders,
i bin scho ganz blöäd!

HANNES: Dan Kaiser Augustus gähts aa sou wia dir:
Dar will, äß sich jeder häetz läßt registrier
in seiner Heimat. Wos bild dar si ei? –
Dos Ganza it einfach bloß Galdschneiderei!

JÖRCH: Mei Vedder, der Joffer vo Nazareth doum,
also dar hat sei Rääs beschtimmt nit verschoum.
Wos aa befouhln werd,
dar mechts oo dan Tooch.
Wenn dam wos gschtouhln werd,
dar tät »Dank schön« nu sooch.

HANNES: Sooch, it dos dar Joffer, vo dan du erzählt,
dar sich vur än halbn Jahr örscht hat vermählt?

JÖRCH: Dar Zimmermoo, jaa,
vo David schtammt dar;
moäß mit seiner Fraa
nach Bethlehem har.

ANDRÄS: *(kommt herbei)*
Gut Namd, Jörch! – Ja wan sah i denn heut?
War hockt an unnerm Feuer?
Der Hannes vo Schwaam it bei uns, Leut!

Zum örschtn Mal doch heuer!
Gäh zu, erzähl doch, wia ders gäht,
häetz biste scho mal da.
Höt ihr nu Wolln, Röämm un Geträäd?
Wia gähts deiner Fraa?

HANNES: Ach, ich will nit jammer,
mer könna nit klooch,
wos mer brauchn, dos hammer. –
Bloß eens möchti sooch:
Wenn ner di Römer nit wärn, unner Schand,
Kee Freiheit hömmer im ächna Land.

ANDRÄS: Dara ihrm Kaiser sei neua Pförz
senn nit zu überbietn.
War sou wos ausheckt, dam ghöärn Knörz,
ich wünsch na Hömeriedn.
In Bethlehem it alles voull
mit Leut zum Registriern.
Äs letzta Bett wölln sa raushouln,
mer töät si fast scheniern!

JÖRCH: Der Messias möäßt har, na wärn mir bal frei.
Na käm aa kee Frömmer in unner Land rei.
Alla Profetn hömms doch profezeit.
Wos helft alles Räidn – wärs doch bal souweit!

HANNES: Jörch, da konnste lang wart, bis dos mal passiert.
I gläb, di Profetn, dia hömm si blamiert. –
Doch ich möcht häetz Schluß mach
un gäh zu di Schaaf.
Läich ä weng Houlz nach!
Ich läich mi hätz schlaff.

ANDRÄS: Hast racht, Jörch, mir wölln äs gleicha mach,
mer rolln uns nei di Deckn.
Ä komisch Gfühl gäht mir sou nach,
heut töät uns nu wos weckn.
Vielleicht ä Wolf, vielleicht ä Bär?
Vertrau mer halt der Hünd!
Gäh zu, mach rasch un läich di här
un schlaff ä bißla gschwind!

(Lied: Haben Engel wir vernommen)

2. Teil: Wieder am Hirtenfeuer

JÖRCH: Mensch, Andräs, wos war dos, hast dus ghöärt un gsahn,
wos sich bei uns vorra hat alles getan?
Engl hömm gsunga
un aa musiziert,
dos hat geklunga,
hömm dia juwiliert!

ANDRÄS: Gäh zu,Jörch, nahm dei Bätzerla miit,
mir gähn doch häetz zur Krippn.
I wäß nit, wos dos mit mir it!
Mir zuckts sou üm di Lippn.
Möcht dauernd sing, mei Schafhard aa,
dia meckert un dia bläckt.
Di Engl mit ihrm Gloria
hömm alles heut oogschteckt!

JÖRCH: I bin döärchenanner, i konns gur nit sooch.
Wos töät sich bei uns da heut alles zutrooch?
I bin glei souweit,
konn gur nit klar denk –
ach, du liewa Zeit,
wos töäst du denn schenk?

ANDRÄS: I nahm ä Hafela Millich miit,
da hömm sa wos zum Nippn.
Mit leera Hend, da gäh i nit
dahi zu dara Krippn.
I bin ja gschpannt, ob alles kümmt,
wos uns dar Engl gsoocht.
Doch ja, i gläbs, äß werkli schtimmt,
mei Harz ganz narrisch pocht!

HANNES: *(schreckt aus dem Schlafe hoch)*
Heh, ihr Dunnerkeiler, halt doch euer Maul,
bei euerm Gebläck da, da schläfft doch kee Gaul!
Mensch, seid ihr Simpl –
hob sou schöä getreemt …

JÖRCH: Schlaff nit, du Gimpl,
du hast wos verseemt!

ANDRÄS: Heh, Hannes, wos nimmst du denn miit?
Du gähst doch aa zur Krippn?!
Hob! Üwerläich un zöcher nit,
blamierst di ganza Sippn.
Häst du ner aa dan Engl ghöärt –
mir it dos döärchedöärch.
Mei Bätzerli warn wia verklärt,
mer könnt si fast scho föärch.

HANNES: Du redst da vo Engl – dos howi getreemt!
Hätti bloß nit gschlaffn, hob doch wos verseemt!
Heiland un Krippn – vom Schtarn un vom Schtroah –
dos it mir gebliem – Mensch, wos bin ich froah!

JÖRCH: Mei Bätzerla houli, na gähmer fei gschwiind.
Der Andräs hat Millich fer Mudder un Kiind.
Hoult häetz der Hannes aa nu än Lääb Broat,
na hömm sa alles un leidn kee Noat!

HANNES: Mei Harz klopft un bumbert, dos Broat houli garn,
guck doch, äs funklt un leucht düüm dar Schtarn.
Auf gähts zum Schtooll häetz,
mer gähn, wia mer senn,
nit örscht lang hiesetz,
i laff nit, i renn!

(Lied: Kommet, ihr Hirten)

3. Teil: Der alte Hirte

SPRECHER: Die Hertn hömm si aufgemacht,
wölln rasch nach Bethlehem gäh.
Doch da war dort in dara Nacht nu ä Hert in der Näh.
Dar wacht aa plötzli aus seim Schlaf –
sei Huund hat sou gewäenslt –,
dar Hert betracht sein Huund,
di Schaf, hat schnall numal gebläenslt!

ALTER HIRTE: Ei, guck doch, wia dar Schtarn dort leucht!
Mensch, wos it dos fer eine Pracht!
Mei Harz, dos bumbert, äß mer deucht,
heut gschiäht nu wos in dara Nacht.
Scho vorä Zeit it mers gewasn,
i höäret Gsang vom Himml doum,
wia wenn da Engl, auserlasn,
ihrn Herrn un Gott im Himml loum.

I wääß, dos konns ja gut nit gaa –
doch trotzdem wari sou betroffn,
äß mers vur Schreck örscht eiskoolt da
un siädhääß hintn roogeloffn.
Mei Bätzerli senn aa verwerrt,
mei Hünd, dia renna hie un ha –
un iich … bini denn nu ä Hert?
I gläb fast, i bin heut ä Fraa!

I hob kee Ruah, möcht uubedingt
häetz wiß, wos los it mit dam Schtarn.
Ja, hoärcht doch, its da nit, als singt
scho widder war – ach, sou ä Schmarrn!
Doch dört beim Schtarn, sou glitzernd hall,
wos it denn dos fer ä Gewimml?
Dos senn doch Leut, ä ganzer Schwall –
un oum it aa wos los am Himml!

Mensch, guck doch hie, dos senn doch Engl,
dia dört oum ümmenanner schwerrn.
Dar Schtarn stäht schtill wia auf än Schtengl –
seid leis, mei Hünd, ich will wos höärn! *(steht lauschend da)*

(Lied, als Kanon: Ehre sei Gott in der Höhe)

ALTER HIRTE: *(wiederholt nachdenklich)*
»Ehre sei Gott – auf Erden Fried,
und allen Menschen Wohlgefalln.« –
Ob dos nit der Messias it,
dar hääß erwart werd doch vo alln?
Dos wär ä Schlooch, ja Herrschaftseitn,
könnt ich dos werkli nu derlab.
Da mueßi hie, un zwar beizeitn. –
Möäßt i da nit ä Gschenkla gab?

Naja, da hats bei mir kee Noat,
hob vo än Bätzer ä wächs Fall.
I mueß häetz gäh, dört werds scho roat.
I gläb, in korzer Zeit its hall! *(geht seitlich ab)*

(Zwischenmusik: Hirtenmusik oder ähnliches)

ALTER HIRTE: *(kommt, wenn möglich, von der anderen Seite herein)*
Häetz laffi scho ä halwa Schtund,
un ümmer lenger werd mei Schriit.
Ganz weit voraus, da rennt mei Huund,
kumm bei seim Tempo gur nit miit.
I sahs, da Schtarn in seiner Pracht
schtäht üwern Löwe-Wert seim Schtooll.
Hat dar di Leut da nei verfracht
un löäßt sa schließli nu bezoohl?

Ja, sou gähts zu auf dara Walt,
örscht racht bei uns in Bethlehem:
Grod dia, wua hömm viel Draack un Gald,
fer dia it Helfn uubegweem.
Doch willi häetz nit weiter schennt
un mir mei Frääd nit nu verdarb.
Fer wos wär ich süsst sou gerennt?
Ich mueß ja schnauf, als wöllti schtarb.

Un trotzdem fühli mi sou leicht,
ä Schauer fiehrt mer döärchedöärch.
I schtäh vurm Schtooll un denk: Vielleicht
passiert häetz wos – mer könnt si föärch!
Halt! Schneuz moäß ich mi örscht nu grod,
dörf fei nit bloß di Finger nahm.
Noja, ä Pris könnt aa nit schood,
dia helt ja Leib un Seel guet zamm.

Sou! Häezter willi nei dan Kiind,
denn wenn dos der Messias it,
dan uns Profetn hömm verkünd,
erhoff aa ich mer Gnad un Fried! (geht ab)

(Lied: Still, still, still, weil 's Kindlein schlafen will)

SPRECHER: Mir hömm versücht euch eizuführn
in di heilich Weihnachtszeit.
Schtellt euch drauf ei, ganz nach Gebührn,
äs it ja näes mer weit.
Laßt uns aa mit de Hertn gäh
zum Schtooll nach Bethlehem.
Denkt dro, ar it ganz in der Näh,
it aa bei uns derhemm.

Zum Schluß, da wünschn mir euch nu
ä gnadnreicha Weinachtszeit.
Un Glück un Friedn nu dezu,
Besinnung aa nach Möchlichkeit.
Dazu halt nu ä guets neus Jahr
sei euch, ihr Leut, beschiedn.
Nit schlachter, als äs alta war,
na wärn mer scho zufriedn!

IV. Kapitel
Drei Könige und die Flucht nach Agypten

Dreikönichsadvent

Oo di heilichn drei Könich,
ja, da mueßi dro denk.
Ihr Leut, lächlt nit wenich! –
Häi! Dos könnter euch schenk!
Ich schpinn fei nit, ich denk bloß dro:
Lang warn dia unterwags,
dar Schtarn damals, dar ziäht sa oo,
dia folchn na schnurtracks.

Dörch Wüstn, Walder ziähn sa dahi,
ohna Rast, ohna Ruh.
Ihr Leut, wia denktn ihr dadrü?
Noja, gabt dos doch zu!
Ihr denkt: ›Wos söll denn dos häetz sei?
Dreikönichstooch it weit!‹
Bild euch dadrauf fei gur näes ei:
Dia passn nei di Zeit!

Denn lang scho, bevur sa dört worn,
ja, dört in Bethlehem,
lang scho bevur der Heiland geborn,
worn sa näes mer derhemm.
Ich wäß ja nit, wia lang sa gebraucht
vo derhemm bis zum Schtooll,
ob eener vielleicht sei Bee hat verschtaucht.
War könnt denn dos bezohl?

Ihr Räs damals bis Bethlehem –
ohne äß da war schennt –
war sicher oft racht uubegwem,
doch warsch fer sie Advent!
Advent häßt ›Ankunft‹ allämal, des Heilands Ankunft, Leut.
Ja, voull Erwartung in dam Fall
hömm sa sich vur näes gscheut.

Mir brauchetn halt aa än Schtarn
wia dan vo Bethlehem.
Mir möässetn ihm folchn garn,
un wärsch aa uubegwem.
Wans sou wia dia zu Jesus ziäht,
voull Zuversicht un Muet,
da werd äs Jahr dörch aa nit müed,
dar schpürt di Sehnsucht guet. –
Dia Sehnsucht söll aa uns dörchdring
bis in di Seel fei nei.
War richti weihnachtli töät sing,
dar konn zufriedn sei!

Der vierte König

Ein fränkisches Spiel um einen vierten König, auf dem Weg zum »neugeborenen König«. Bei diesem Spiel wurden drei Sprachebenen benutzt:
1. die unverfälschte Mundart der Hirten;
2. die Sprechweise des gebildeten Rabbi, der sich mit den Hirten im Dialekt unterhält, diese Ursprünglichkeit aber dem Fremden nicht zumutet, sondern ihm gegenüber die wohl am meisten gebräuchliche Umgangssprache verwendet;
3. das Hochdeutsch des Königs, das, verbunden mit einem veränderten Versmaß, die Fremdartigkeit dieses Mannes aus einem fernem Land zum Ausdruck bringen soll.

1. Teil

SPRECHER: Zwätaused Jahr its fast scho har,
wos einst passiert in dara Nacht,
da wua am Himml hall un klar
ä Schtarn sei Licht hat oogemacht.
Geburn in Palästina düüm
it unner Heiland Jesus Christ.
Wos sich getan, dos hat beschriem
der Lukas, dar Evangelist.
Un wos Matthäus uns töät sooch
in seim Kapitl Nummer zwei,
hät si aa könn bei uns zutrooch,
passiert wärs hier genau sou fei.

Denn bis zu uns wärn sa aa kumma,
di Weisn ausn Morchnland,
un hättn nach hier miitgenumma
di Gabn, sou wias uns bekannt.
Un dia Schtadt Schweifert, da im Grund,
dia wär dos biblisch Bethlehem.

Un dar Herodes, dar falsch Hund,
wär in Wärzberch-Jerusalem.
Der Lukas red vo Weisn zwar,
dia heut der Volksmund »Könich« nennt.
Doch liest mer nerchedswua ganz klar,
äß ar bloß drei hat mit gemeent.

Drümm finna mir in unnerm Schpiel
en vertn Könich mit debei.
Dan wölln mir folch bis zu seim Ziel –
doch vurhar möäßn Hertn sei.
Am Kaltnhouf, bei ihra Hamml,
da senn dia Hertn nachts zu finna.
Un schtellt euch vür, grod dara Ramml
senn Engl doch erschiena.
Ja, damals warn di Hertnleut
nit oogsahn, fast ä weng verrufn.
Un trotzdem hat sich Gott nit gscheut,
hat dia als Zeuchn aufgerufn.

(Lied: Es kam ein Engel hell und klar)

2. Teil

ERSTER HIRT: Ja, geits denn da kee Gsetz, der Blitz schlooch doch nei,
hätz mittn im Winter sou ä Singa un Gschrei.
I bin hätz scho sachzich, hob werkli viel gsahn,
sou wos it, mei Latti, nu niemals da gschahn.

ZWEITER HIRT: Wenn mir jemand soochet,
ar hätt dos erlabt,
dar kreechet ä Troochet.
»Dar it üwergschnappt«,
sou soochet der Bartl,
der Rettl ihr Moo.

»Di Hertn, dos Gschwartl,
dia schpinna häetz scho!«

DRITTER HIRT: Ihr seid scho zwä Simpl,
ihr red da un red,
grod sou wia zwä Gimpl,
dia richti verdräht.
Da moäßi euch scho sooch, höärt auf mit dam Gschrei! –
Ihr Leut, zu, mir sölln doch auf Bethlehem nei!

ERSTER HIRT: Örscht gestern da bini beim Rabbi gewasn,
dar hat, wia sou oft scho, di Schriftn gelasn:
Der Messias dar käm, hömm gsoocht di Profetn,
un hätz wär di Zeit da! – Dos säicht dar fei jedm!

ZWEITER HIRT: Söll dos werkli eintraff
zu unnerer Zeit?
Da möäßt mer ja loslaff,
mer hömm ziemli weit.
Mer rennt ja aa süsst scho,
wenn öbbes passiert.
(zum dritten Hirten) I wäß, du denkst: »Schpinnst scho,
weils dir sou pressiert!«

DRITTER HIRT: Ach nä, sou denk iich nit,
äs it gur nit wahr.
I gäh beschtimmt aa miit,
fer mich it dos klar. –
Doch wenn dos klee Kindla
örscht heut nacht geburn,
hömm mir ohna Gschenkla
fei näes dört verlurn.

ERSTER HIRT: Wos häßtn da »Kindla«? Der Heiland it da!
Dar kümmt wia ä Könich mit Glanz un Trara,
mit Hofschtaat un Schpielleut, mit Jubl dezu.
Dos schtäht dienstgradmaßi än Könich doch zu!

ZWEITER HIRT: Ich soochs, dia Maulaffn,
dia lassn si Zeit.
Mensch, statt äßa gaffn,
macht euch doch bereit!
Un it dos ä Könich –
i hob zwar näes ghört –
da schenkt nit zu wenich
un red nit sou gschert!

DRITTER HIRT: Hätz laß mer dos Schtreitn
un gähn nei di Schtadt,
na wiss mer bezeitn,
wos sich getan hat.
Di Hard kömmer da lass
im Pferch bei der Hünd
un wölln auf der Landschtraß
schnall hie zu dam Kiind.

(Lied: O freudenreicher Tag)

3. Teil

SPRECHER: Di Hertn senn zum Schtooll gerennt,
döärch Meeberch un am Schlouß vorbei.
Senn gschtolpert un hömm manchmal gschennt,
wölln möchlichst schnall zum Schtadtla nei. –
Der elste Hert schtäht ganz vorndroo,
sein Huet hat ar nerwös zerbeult,
war tiäf gerührt, dar gute Moo
hat werkli Routz un Wasser gheult.

Der jüngste Hert hat kritisch schaut,
hat nach der Könichskrona gsücht.
Dar dritt hat si nit racht getraut,
helt alles örscht vöra Gerücht!

Saltsam wars scho: Ä Kiind im Schtroah,
ä Moo mit Kraushaar üm di Lippn,
ä junga Fraa, müed, ower froah,
ä Kiind da innerer Krippn!

»Dos mueß scho sei Bedeutung hoo,
denn grod sou hats dar Engl gsoocht«,
säicht aufn Hemmwaach dar alt Moo.
Hat nit gejammert un gekloocht –
s war nämli koolt in dara Nacht.
Un wia sa weiter senn geloffn –
hoach üwer sich di Schterneपracht –,
hömm sa än frömma Moo getroffn.

Doch bis dia vier häetz zu uns kumma
un ihrn Diskurs da weiterführn,
hat sich der Chor di Zeit genumma
un singt wos, ohne sich zu ziern.

(Lied: In dulci jubilo)

4. Teil

ERSTER HIRT: Ihr seid doch vo weit har? Mer höärts an der Schpraach.
Wos töät ihr denn heut nachts in unnerem Gau mach?

KÖNICH: Ich kam von sehr weit her gezogen
mit drei Gefährten, nicht allein.
Ein Stern schien uns mit hellem Schein,
der hat zur Reise uns bewogen.

Ein König wird gebor'n auf Erden,
hier bei euch, so steht geschrieben
in alten Schriften, die wir lieben –
der Stern sollt' uns ein Zeichen werden.

ZWEITER HIRT: Dan Schtarn hömm mir aa gsahn,
ar schtäht üwern Schtooll,
dar hat dir ä Licht gaam –
kee Mensch könnts bezohl!

KÖNIG: Ganz seltsam hat er uns geführet.
Denn nicht hin zum Königsschlosse,
lenkt er die Hufe der Rosse –
ein Schloß, wie's dem König gebühret.
Wir mußten uns erst überwinden
und suchten Herodes, den König.
Gefallen hat er mir sehr wenig;
er half uns, das Kindlein zu finden.
Die Schriftgelehrten bezeugten:
In Bethlehem sei die Stätte,
wie man es beschrieben hätte. –
Voll Dankbarkeit wir uns verbeugten.

DRITTER HIRT: Vo Bethlehem eener, dar war aa debei.
Äs it sou ä Kleener un trinkt garn än Wei.

KÖNIG: Ich glaube fast, meine Gefährten,
die war'n auch vom Weine berauscht.
Sie haben begeistert gelauscht
und konnten nicht satt davon werden.
Sie folgten dem Stern dann auf Wegen,
verschlungen bis hier in das Tal.
Sie traten gleich ein in den Stall
und sind auf den Knien gelegen.

Ich bin voll Enttäuschung verschwunden.
Mein Herz wird von Zweifeln zerquält:
Wir suchten den König der Welt
und haben nur Armut gefunden.

DRITTER HIRT: Ihr könnt euch halt ausdrück,
dos moäß mer euch lass.
Mer siähts gleich auf een Blick
un konns deutli fass.
Mir gähts doch sou ähnli,
mich zerrts hie un ha,
örscht gwälts mi sou heemli,
na bini fast froah!

ZWEITER HIRT: Du redst da sou neugscheit,
sou gschwolln un sou gschpreizt,
als hätts du dei Hern weit
döärch zwä Finger gschneuzt. –
Ach, sou ä liäbs Kindla –
hast du ders betracht?
Zegur mei klees Hündla
hat Kratzföäß gemacht!

ERSTER HIRT: Seit ich vo dam Schtooll fort,
da töäris aa fühl.
I bin nu im Geist dort,
möcht sing un möcht schpiel.
I lausch hätz nu dauernd
der Engl ihrm Gsang,
höär ümmer erschauernd
dan herrlichn Klang.
(König setzt sich seitlich nieder.)

(Musik: Wenn möglich, durch die drei Hirten selbst eine Hirtenmusik oder durch eine Flötengruppe.)

5. Teil

RABBI: *(kommt von der Seite)*
Der Friede sei mit euch, ihr Hertnleut!
Höt ihr denn aa mitkreecht, wos los it heut?

ERSTER HIRT: Ja, Rabbi, dos hömmer.
Di Engl warn da!
Dar Moo da, ä frömmer,
werd trotzdem nit froah.
Dar will nit gläb, äß
der Heiland geburn.
Hat, weil ar zuviel wääß,
sein Glaubn verlurn!

ZWEITER HIRT: Heh, ihr da, Herr Könich,
hätz kummt ämal har!
Der Rabbi – dan meen ich –:
Wos dar säicht, it wahr.
Dar konn euch berichtn,
wos war un wos kümmt.
Di Schriftn un Gschichtn,
dia kennt dar beschtimmt.

KÖNIG: Euch sah ich bei den Schriftgelehrten.
Ich hab Euch sofort jetzt erkannt.
Ihr habt doch den Ort uns genannt,
wohin ich zog mit den Gefährten.

RABBI: Ihr seid doch mit dem Stern gezogn,
was hat sich denn da so getan?
Seid Ihr vielleicht gar abgebogn
un habt des Kind dört gar nit gsahn?

KÖNIG: Wir fanden nichts … das heißt, sehr wenig.
Ein Kind im Stall, in einer Krippe,

die Eltern eine ärmliche Sippe –
doch kein neugeborner König!

RABBI: Woher wißt Ihr, daß des kee König wird?
Ihr ward doch dort im Stall, beim Stern.
Seid Ihr denn dümmer als ä Hirt?
Di habn des Kind doch jetz scho gern.

KÖNIG: Du nennst mich dumm, weil ohne Glauben –
wir zogen mehr als hundert Tage.
War das umsonst? ist meine Frage.
Zweifel wird ewig den Schlaf mir rauben.
Wie kann das Kind aus jenem Stall
ein Herrscher werden mit Heer und Wagen?
Wann hat sich so was schon zugetragen?
Nenn mir ein Beispiel für diesen Fall.

RABBI: Wißt Ihr, was damals der David war?
Einer, der hundert Herodes ersetzt.
Den hat mer vor jetzter tausend Jahr
zum König gsalbt zuguterletzt.
Des is ä armer Hirt gewesn,
war aa in unsrer Stadt zu Haus,
mer hat na gholt, ich habs gelesn,
grad schnurstracks aus seim Schafpferch raus.

Weil vo acht Söhnen er der jüngste,
drum hat mer ihn nit viel geacht.
Vor Gott war er nit der Geringste,
der hat zum Könich ihn gemacht!
Des kann doch alles bei dem Kind,
des heut geborn is, aa so sei.
Ihr seid mit Eurem Urteil gschwind.
Denkt Ihr Euch denn da nix dabei?

DRITTER HIRT: Ja, alles, wos racht it, Ihr red fei arch hart. –
Un Ihr da, Herr Könich, gabt keen Widerpart?
Ja, unner Rabbi si in alles neimüscht. –
Ihr guckt sou nachdenkli … hats Euch häetz erwüscht?

RABBI: Und etwas reim ich mir noch zamm:
Die Eltern mußtn sich hier meld –
da ghöärn se doch zu Davids Stamm,
des zählt fei was in unnerer Welt!
Wer wääß, was Gott mit dem Kind will? –
Wenn er zum König macht än Hirt,
kann er auch, daß klammheimlich still
des Kind da der Erlöser wird!

KÖNIG: Erlöser! Ja, so hieß das Wort,
das uns die alte Schrift verhieß;
damals, als ich das Land verließ,
um aufzusuchen diesen Ort.
Das Wort war dann wie fortgeweht,
weil alles nur vom König sprach.
An Phantasie es mir gebrach,
daß Gott oft and're Wege geht.

RABBI: Ihr habt gedacht, des is ä Könich –
naja, wer selber eener is,
dem dünkt ä andrer Stand recht wenig,
der bild sich ei, so wärs gewiß.
KÖNIG: Du redest hart in diesen Dingen.
Wer meine Stellung erst erreicht,
der kann doch wirklich nicht so leicht
übern eig'nen Schatten springen.
Doch deine Worte sitzen tief. –
Der Stern, das Kind, die Schriftgelehrten
und die Begeist'rung der Gefährten –
das alles ist, als ob's mich rief.

RABBI: Da gebt doch Euerm Herz än Stoß
und denkt an des, was Ihr gelesn.
Die Zeichn sinn doch viel zu groß,
so deutlich sinn se nie gewesn!
Ich kann Euch noch viel mehr berichtn:
Vom Jeremias, Daniel,
von Profezeiung und von Gschichtn –
Jesaia und Ezechiel …

KÖNIG: Genug! – Was steh ich hier noch 'rum.
Mein Herz kann es zwar nicht ganz fassen,
doch soll ich mich beschämen lassen
von diesen Hirten um mich 'rum?

Ich will den Hochmut von mir geben,
in Demut in den Stall eintreten,
mich niederknien, das Kind anbeten,
ihm anvertrau'n mein ganzes Leben!

RABBI: Ich geh mit Euch! – Und ihr, ihr Hertn,
gäht ihr aa numal miit zum Kiind?
Gott schenk uns Friedn hier auf Erdn,
verzeih uns Hochmut, Neid und Sünd!

(Krippenlied)

Schlußwort

SPRECHER: Mir hömm häetz für euch gschpielt un gsunga,
warn ganz bei unnerer Sach.
Un wenns ä weng in euch geklunga,
na denkt ruhich drüwer nach.
Di Friednsbotschaft auf der Walt,
dia höärt mer ümmer widder.
Trotzdem regier Haß, Neid un Gald –
dia Wahret it fei bitter.

Doch mir wöllns nit auf annera schiäb,
mir klopfn uns ans Harz,
bemüehn uns aa aus Nächstnliäb,
zu lindern Noat un Schmarz.
I hoff, ihr töät dos Weihnachtsfest
sou, wia mer söll, erlab.
Un wenns euch Zeit zur Bsinnung läßt,
na sölls euch Friedn gab.

Mir wünschn euch ä guets neus Jahr –
äs it ja näes mer weit –,
ä bißla besser, als dos war,
un viel Zufriednheit.
Fers Zuhöärn dankn mir euch aa
un ziähn uns häetz zerück;
Zum Abschluß wünschn alla da
viel Gsundheit euch, viel Glück!

Gold un Weihrauch

Gold un Weihrauch hömm mir geläicht
häetzer vur dei Krippn.
Dei Anblick hat äs Harz bewäicht,
uns zuckts üm di Lippn!

Mir hömm nit allzu lang di Zeit,
dei Lächln zu bewundern.
Oh Walterlöser, sei bereit,
äs Harz uns zu ermuntern.

Dei Schtooll der Demut läßt uns heut
di Angst der Walt vergass.
Wos uns häetz Geist un Harz erfreut –
mir können nit ermass.

Die Myrrhe hömm mir aa debei,
dos werd scho Sinn ergaam.
Dos it ä Zächn, äß aa sei
viel Lääd einst in deim Laam!

Ach, Kiind, zu dan dar Schtarn uns gführt,
schtärk uns fers weitra Laam.
Mir baatn oo dich tiäfgerührt
un senn dir ganz ergaam!

Der schtöärrich Äisl un di söäßa Distl

Nach einer alpenländischen Erzählung in fränkisch umgeschrieben.

Wia der heilich Josef im Treem erfuhrn hat, äßer mit seiner Familie nach Ägyptn ausreiß mueß – damit dar Herodes, dar Schlawiner, än Jesuskindla näes ootua konn –, in dara böäsa Schtund hat dar Engl aa dan Äisl im Schtooll aufgeweckt.

»Steh auf«, hatter vo oum ro zu na gsoocht, »du darfst di Jungfrau Maria mit dem Herrn nach Ägypten tragen.«

Dan Äisl hat dos gur nit gepaßt. Örschtns ware kee bsonders frommer Äisl, sondern im Gäichetääl ziemli schtöärrisch – wia di Leut ja heutzetooch aa mästns senn –, un zwätns hat dar Engl nit fränkisch mit na gered, wias unner Äisl doch viel besser verstanna hätt.

»Konnste dos nit selwer mach?« hatter na vo untn nauf oofixiert. »Du hast doch Flüchl, un ich mueß alles aufn Buckl schlöpp! – Un worüm üwerhaupt gleich sou weit, bis nach Ägyptn, zu dara Pyramidnbauer?!«

»Sicher ist sicher!« Sou hat dar Engl geantwort, un dos war eener vo dara Ausspprüch, dia zegur än Äisl eileuchtn.

Wiere ower ausn Schtooll naus it un di Fuhr gsahn hat, dia der heilich Josef fer na zammgetroochn ghot hat – di Zudeck un dos Faderküssn fer di Wöchnera, än Pack Windel fers Kiind, dos Kistla mit Gold, zwä Sackli mit Weihrauch un Myrrhe vo di drei Könich, än Lääb Broat, ä Schtanga Backsteekaas, ä Gerächerts vo der Hertn, än Ballong mit Wasser fer die Wüstn … un natürli äs Kiind un di Mudder selwer –, da hatter glei widder gschennt: »Äs it doch ümmer äs gleicha mit sotta Battlleut: Mit näes senn sa kumma, un häetz hömm sa ä Fuhr beienanner, dia fer zwä Ochsn lang tät! – Ich bin doch kee Hääwoochn!«

Ower grod sou hatter ausgsahn, wia na der heilich Josef am Halfter genumma hat. Mer hat fast näes mer vo seiner Huf gsahn. Örscht hatter ämal ä bißla sein Buckl gewölbt un di Last gleichmäßi vertääalt, un nachert hatter vursichti än Schriitt gemacht, jedn Aacheblick drauf gfaßt, äßer mitsamt dan ganzn Geraffl zammbricht.

Ower komisch, plötzli hatter si sou leicht auf seiner Bee gfühlt, als ob ar selwer getroochn waret. Äßer keen Galopp oogschloochn hat, war ees. Doch nit lang, na hat na dos aa widder geärchert: »Bin ich denn nit der eenzich Äisl in ganz Bethlehem, dar vier Säck Wäss auf eemal trooch konn?«

In seiner Wuet hatter plötzli sei Bee nein Soond gschtemmt un it keen Schriitt mähr weiterganga. »Wenn mich häetz dar aa nu schläicht«, hatter in seim Groll gedacht, »na hatter glei sei ganz Hacklepaasch im Straßegroom liechn!«

Ower dar heilich Josef hat na gur nit gschloochn. Ar hat unters Bettzeuch gelangt un dan Äisl di Oahrn gekrault: »Laff ner nu ä bißla, glei mach mer Brotzeit!« Da hat dar Äisl än leichtn Seufzer loasgelassn, sich widder auf die Bee gemacht un vur sich hiegebrummlt: »Dos it häetz ä groaßer Heilicher un wäß nit ämal, wia mer mit än Äisl ümgäht!«

Mittlererweil its Tooch worn, un di Sunn hat racht häß vom Himml gebrönnt. Der Josef hat än Schtrauch gfunna, dar döärr un mit langa Schtachln in der Wüstn gstanna it. In dam bißla Schattn, wua dar gaam hat, wollt der heilich Josef sei Familia ä wengla ausruah lass. Ar hat oogelodn, mit Kamelmiist Feuer gemacht un ä Suppn gekocht.

(Kleine Pause, mit einem Instrumentalstück)

Dar Äisl hat alles mit Mißtraun beobacht un auf sei ächns Foätter gewart – ower aa ner bloß, damit ars üwersah könnt: »Ähra frassi än Basn als euer staawets Hää«, hatter fur sich hiegemormlt. Ower äs hat gur kee Hää gaam, nit ämal ä Maulvoull Schtroah, weils der Josef in seiner Sorch üm Fraa un Kiind ganz vergassn ghot hat. Da hat natürli dar Äisl än Säükohldampf kreecht, un sei Moochn hat sou laut geknorrt, äß der Josef erschrockn um sich geguckt hat, denn ar hat gedacht, hinterm Schtrauch sitzt ä Löb.

Inzwischn war di Suppn ferti, di Maria hat gassn un der Josef sich mitn Rest begnücht. Äs Kiind hat bei seiner Mudder kreecht, un ner dar Äisl it läär ausganga. Äs hat ja näes gaam außer ä puur Distl zwische der Schtee.

»Gnädicher Herr«, hat da dar Äisl in seiner Wuet oogfanga un än Jesuskindla ä langa Räid ghaltn – ä Äislsräid zwar, ower ausgekocht scharfsinni un unheimli deutli. Alles, wos na bewäicht hat, it na üwer die Zunga gerutscht, un ar hat werkli ämal sein Kroochn ausgeläärt. »Iiiiaaa!« hatter zum Schluß gebläckt, wos genau soviel häßt wia »Sou wahr ich ä Äisl bin«.

Äs Jesuskindla hat sich alles ooghöärt, un wia dar Äisl ferti war, hat sichs vürgebeucht un än kräftichn Distlschtengl geropft un dan Äisl hieghaltn.

»Guet!« hat dar gsoocht, bis neis Harz getroffn, »na frassi halt dia Distl! Ower du in deiner Weisheit werschts ja vuraussahn, wos nachert passiert. Dia Schtachln wern mir än Bauch zerstachn, un ich mueß schtarb! Na könnter sah, wia ihr mit euerm Geraffl nach Ägyptn kummt!«

Vouller Wuet beißter nei dan Distlschtengl … un gleich darauf it na äs Maul schperranglweit aufstäh gebliem. Denn dia Distl hat nit sou gschmeckt, wia ars beförcht hat. Nä, nach söäßn Honichkläà, nach Ringlbüsch un nach Gemües hats gschmeckt! – Also, kees konn si sou wos Köstlichs vürschtell … äs sei denn, ar wär ä Äisl! Für dosmal hatter sein ganzn Groll vergaßn un sei langa Oahrn üwer sich zammgeläicht, wos bei än Äisl souviel bedeut, wia wenn unnerees di Hend zum Baatn zammläicht.

Inhaltsverzeichnis

Wenn s Christkindla kümmt 5
Advent 7
Der Bischof von Myra 8
Sankt Nikolaus 9
Nikolausfeier im Kindergarten 10
Lieber Sankt Nikolaus 12
Grußworte eines Sankt Nikolaus 13
Zwiegespräch im Advent 14
Adventlicha Gedankn 16
Wos mer singa, möäß mer aa breng 17
Mir singa un soochn 18
Sou, wia sichs gebührt 19
Die gueta Tat der Kameradn 20
Weihnachtlicha Gedankn 22
Um Weihnachten 23
Wia wärs bei uns? 24
Ä Gebaat vo än Äisl 27
Di Nacht is sou hall 28
Gleich naamdro it Bethlehem 30
Di heilicha Familie 31
Kee Mensch konn dos bezohl 32
Heilich Awed in der Rhöä 34
Die Geburt des Retters 36
Die Heilicha Nacht 38
Der Mann, der das Feuer holen ging 39
Dar Baum is Spitze 43
Di Weihnachtsplatzli 46
Fränkische Weihnachtsgeschichte 48
Drei Hirten gehen zum Stall 58
Ei, guck doch, wia dar Schtarn dört leucht 68
Dreikönichsadvent 77
Der vierte König 79
Gold un Weihrauch 91
Der schtöärrich Äisl un di söäßa Distl 92

vmn
Verlag M. Naumann
Eicher Straße 4 · 61130 Nidderau
Telefon 06187 22122 · Telefax 06187 24902
eMail: info@mundartverlag.de
Im Internet finden Sie uns unter:
http://www.mundartverlag.de